같은 곳을 바라보며

같은 곳을 바라보며

1판 1쇄 발행 2023년 11월 25일

지은이   최승옥
발행인   이선우
펴낸곳   도서출판 선우미디어
         등록 | 1997. 8. 7 제305-2014-000020
         02643 서울시 동대문구 장한로 12길 40, 101동 203호
         ☎ 2272-3351, 3352 팩스: 2272-5540
         sunwoome@daum.net   greenessay20@naver.com
         Printed in Korea ⓒ 2023. 최승옥

값 13,000원

※ 이 책은 🛡충청북도 ◪◪ 충북문화재단의 지원을 받아 발간되었습니다.
※ 잘못된 책은 바꿔 드립니다.
※ 저자와 협의하여 인지 생략합니다.

ISBN 978-89-5658-744-8 03810

같은 곳을 바라보며

최승옥 수필집

선우미디어

수확을 끝낸 복숭아 과수원을 둘러본다. 가뭄, 장마, 거센 바람 등 모진 어려움을 이겨낸 나무가 가을볕을 쬐고 있다. 의연하면서도 평화롭다. 날씨가 고약할 때마다 복숭아가 다칠까 애면글면했던 주인도 잠시 일손을 놓는다.

이즘 마음이 바빠졌다. 겁도 없이 수필집을 내겠다고 큰소리쳐 놓고는 이제야 원고를 들여다본다. 어색한 내용이 태반인 글을 읽으며 어떻게 이 글을 쓰게 됐지? 되돌아보며 빙긋 웃는다.

이십여 년 전 가을이다. 같은 아파트에 사는 지인의 소개로 글쓰기 창작 교실을 알게 되었다. 그녀를 따라 강의실에 들어서니 반숙자 선생님이 환히 반겨 주셨다. 어려운 글쓰기보다는 강의가 좋았다. 회원 모두가 한 가족 같아 속마음이나 나누자는 심정으로 다녔다. 강산이 두 번 바뀌는 동안 글쓰기에 매진하지 못했다. 까맣던 머리가 희끗희끗해서야 편편이 써 내려간 원고를 펼친다.

책을 내기에는 부족한 글이 많다. 그럼에도 용기를 내 또 다른 작물을 심는 심정으로 수필집을 준비한다. 자연재해가 컸던 올해는 마음에 차는 글을 쓰지 못했다. 부지런히 광합성 활동으로 자양분을 저장하는 나무들처럼, 나도 글쓰기라는 양분을 부지런히 저장하며 삶을 풀어내려 한다.

나이를 불문하고 책을 출간한다는 것은 기쁜 일이다. 반면 두려움도 크다. 늘 과수원에서 사느라 글쓰기에 매진하지 못해 아쉬움이 따르지만, 20여 년 동안 이어온 기간이 짧지만은 않다.

부족한 글을 작품으로 내놓기까지 지도해주신 반숙자 스승님께 깊이 감사드린다. 때때로 내 몫이 아닌 것 같아 버거워할 때마다 꼬옥 손잡아 준 이수안 언니도 고맙다. 2023년 가을볕만큼 작품집을 무사히 낼 수 있도록 도와준 문우들, 글을 쓸 수 있도록 배려한 남편과 가족에게 사랑의 열매를 선물한다.

2023년 가을

최승옥

차례

1 음성천에 모인 행복

5 장수농장과 만배농장

1

음성천에 모인 행복

아들과 대화도 나눌 겸 걷기 운동을 제안했을 때
혹여 싫다고 할까 봐 은근히 걱정했다.
다행히 아이가 흔쾌히 따라 주었고
오히려 즐거워하니 여간 고마운 게 아니었다.
강압적인 훈계보다 함께하는 생활 속에서
사랑을 느끼게 하는 게 참교육인 것 같다.
곡식이 주인의 종종걸음 속에서 여문다는 말처럼,
농군으로 살다 보니 튼실한 과일을 맺기 위해서는
손길과 정성 없이는
성공적인 농사를 지을 수 없음을 체득한다.
—본문 중에서

어머님표 사랑

오늘도 남편은 검정 비닐봉지 하나를 내게 건네준다. 이번에는 잘 삶은 봄나물과 주먹 크기의 연둣빛 떡 반죽 덩어리가 들어있다. 어머님표 사랑이다. 어린 쑥을 뜯어서 만든 떡 반죽 덩어리의 연초록빛이 그냥 먹어도 맛날 것 같은 느낌이다.

어머님은 매번 남편을 통해 먹을거리를 보내주신다. 어떨 때는 현관문에 들어서는 남편보다 손에 시선이 먼저 갈 때도 있다. 시어머니는 자그마한 몸집으로 산으로 들로 남보다 먼저 산나물을 뜯으러 다니신다. 그걸 깔끔하게 다듬고 삶아 자식들 집으로 챙겨 보내주신다. 결혼 초에는 그분의 정성이 지나친 것 같아 부담되곤 했었다.

칠순이 넘으신 어머님은 지금도 집안일을 도맡아 하고 텃밭 일구기도 게을리하지 않으신다. 과일나무 가꾸기와 마을회관 살림살이까지, 하시는 일은 많고 많다. 동네 행사가 있을 때면 동네에서 음식 준비를 부탁하기 위해 어머님을 찾는다. 그만큼 부지런할 뿐만 아니라 일머리가 남다르시다.

회관 가까이 있는 시댁은 오고 가는 사람이 많이 모이는 장소이다. 밭에서 일하다 한 모금의 물을 마시러 오는 이도 있고, 산나물을 뜯으러 오는 사람도 쉬어간다. 어머님은 칼국수를 밀어 동네 어른들이나 농사일로 바쁜 아낙네들을 불러 음식 나누기를 즐기신다.

이웃 할머니 한 분이 남편을 잃고 혼자 되셨다. 살림살이가 넉넉해 별 어려움 없이 육 남매를 낳아 기르셨다. 부지런하기로 소문난 그 할머니는 모양새는 거칠어도 인정 많기로 이름이 나 있다. 자식들은 출가하여 다 떠나가고 홀로 되신 할머니는 회관에서 지내신다. 그분 성격이 깔끔하고 예의가 바르셔서 남의 집 신세는 지지 않는 분이다. 무엇이든 맛난 것이 있으면 회관으로 들고 와 마을 사람들에게 나눠준다. 우리 어머님과는 찰떡궁합인 셈이다. 그런 분이 어머님 곁에 계시니 며느리인 나로서는 고맙고 마음이 놓인다.

얼마 전 일이다. 친척처럼 지내는 아저씨가 고향을 떠나 서울로 이사한 지 수십 년이 흐른 요즘에 고향으로 내려와 살겠다고 했다. 몸이 늙고 아프니 어머님 댁 별채라도 빌려 달라고 했다. 남부럽지 않은 삶을 사는 이가 왜 집을 나와 남의 집을 빌려 살겠다고 하는지 의아했다. 시간이 흐르며 생각해 보니 복잡한 세상에서 벗어나 홀가분하게 살고 싶은 마음이 큰 듯했다. 넉넉한 자신의 집보다 어머님이 더 편한 모양이었다.

어머님은 작년 가을에도 김장 김치를 많이 해 김장을 못 한 가정에 나누어주고 회관에서는 김치만두와 전을 부쳐 나누어 주었다. 조금이라도 새로운 것이 있으면 주위 분들 챙겨 주다 보니 많은 이들이 어머님을 좋아한다. 옆에서 지켜볼 때마다 행복하고 감사하다.

어머님의 나누는 성격이나 습관은 그 누구보다도 따뜻한 마음이 있기 때문이 아닐까. 일가친척과 자신의 피붙이에게 잘하는 사람은 당연히 많을 것이다. 그러나 남을 생각하고 위하는 마음은 쉽지 않다고 본다. 늘 잔잔한 사랑을 자식들에게 보여주고 동네 사람들에게도 나누는 어머님의 삶을 닮고 싶다.

한 가족이 되는 인연은 하늘이 낸다고 했다. 필시 나는 이분의 며느리가 되도록 하늘이 인연 지어 준 것이라고 생각한다. 애초에 이분을 닮은 며느리는 아니지만, 어머님의 심성을 닮고 싶다.

오늘도 어머님은 자식들과 이웃을 머릿속으로 그리며 분주한 하루를 보내고 계시리라. 다음에는 또 무엇을 남편에게 들려주시려나. 염치없는 며느리는 어머님표 다음 사랑을 또 기대한다.

벼 베기를 하면서

벼 베기를 하려는 날, 새벽부터 비가 내린다.

농사는 시기를 잘 맞춰야 한다. 종일 할 일도 때만 잘 맞추면 한나절에 끝나기도 하고, 하루 차이로 못하면 사나흘씩 일이 늦어질 수도 있는 게 농사다. 하마하마 비 그치기만을 기다리는데 드디어 볕이 나기 시작했다. 일을 거들어 주겠다는 시누이가 득달같이 전화가 왔다. 얼른 논으로 가자는 전화를 받자마자 서둘러 집을 나선다.

어찌나 속력을 냈던지 금세 한내 양조장이 보인다. 남편이 급히 차에서 내려 막걸리를 사고 시댁으로 달려가 농기구를 챙겨서 차에 오른다. 구불구불 산길로 접어들었다. 작은 마을에 들어서니 여기저기 벼 베기가 한창이다.

가을 풍경이 아름답다. 빨갛게 물든 단풍과 주황색으로 익어가는 감나무, 노란 들국화가 서로 어울려 누리를 곱게 물들이고 있다.

 여기는 얼마 전만 해도 아까시와 잡목, 무수한 덩굴이 서로 엉키고 우거져 땅이라곤 보이지 않던 곳이다. 산길은 비탈지고 마을에서 떨어진 곳이어서 농기구조차 들어갈 수 없는, 농사짓기에는 척박한 땅이었다. 지난봄에 남편이 황무지나 다름없는 이곳을 굴착기로 나무뿌리와 바위, 돌을 캐내고 땅을 일궜다. 농토로 자리 잡기까지 들인 정성이 지극하다. 그 땅에 심은 모가 자라 황금물결로 넘실댄다. 그런데 기계가 못 들어오는 좁은 길이니, 옛날처럼 낫으로 벼 베기를 해야 한다.

 경운기 소리가 요란하게 들려왔다. 아랫마을 이웃분들이 도와주겠다고 찾아오셨다. 논바닥이 진흙이어서 긴 장화를 신고도 발을 한번 디디면 옮기기조차 어려웠다. 정성을 들여 갈아온 낫이 잘 들기는 했지만 오랜만에 하는 낫질이니 무리가 아닐 수 없다. 모두 옛 생각이 나는지 오래전 베 베기 하던 이야기며 모내기 이야기 등으로 시끌벅적 웃음꽃이 피었다. 한 줌 한 줌 벼 베기가 재미있다.

 예전에는 벼 베는 날이면 이른 새벽부터 밤늦게까지 들에서 살아야 했다. 벼를 베어 논바닥에서 말려 단을 묶은 다음 마차에 실어 집안으로 들여와 탈곡기로 털던 기억이 난다. 식량이 귀한 때라 벼 베기가 끝나면 이삭을 주우러 다녔다.

고구마, 땅콩을 캐고 나서도 이삭줍기에 바빴다. 요즘은 쌀이 남아 수확을 앞둔 논을 갈아엎는다는 뉴스를 본 적이 있다. 지구상에는 먹을 것이 없어 굶주리는 인구도 많다는데, 어느 곳에서는 식량을 갈아엎고 있으니 세상은 공평치 않다.

　오후 새참 이후 남편과 시누이는 막걸리에 김치를 먹고 나니 힘이 더 난다며 낫질하는 손에 신바람이 더해진다. 어느새 주위는 어두워지고 벼 베기는 다 끝내지 못한 채 볏단을 세웠다.

　며칠 후 다시 남은 벼를 수확하러 올 때는 오늘 도와준 이웃들을 대접해야겠다.

복주머니

까만 콩을 고른다. 이즘 저녁마다 하는 우리 부부의 일상이다.
오늘 저녁도 밥숟가락 놓기가 무섭게 남편과 서리태를 고르고
있다. 가까이에서, 멀리에서 우리 집 농산물을 사 먹는 이들을 생
각하니 손이 더 바빠진다. 포클레인 일을 하면서도 틈틈이 짬을 내
어 농사지은 남편의 땀과 정성으로 키운 콩이기에 더 소중하다.

콩 농사를 짓느라 땀 흘렸을 남편의 수고를 돌아본다. 4대강 사
업 때문인지 올해는 유난히 포클레인 일이 많았다. 콩 심을 시간을
내지 못해 애를 태웠다. 어찌어찌 시간을 내어 비닐 씌우기를 하였
으나 바로 시간을 낼 수 없어 며칠 후에야 콩을 심었다. 그리고도
싹이 나올 무렵에는 잘 나오도록 비닐에 구멍을 뚫어 줘야 하는데,
이때도 남편은 자투리 시간을 이용해야 했다.

긴 장마가 시작되었다. 키가 자란 콩대는 비바람에 견디지 못하

고 쓰러지기 일쑤였다. 여름이 지나고 가을이 접어들면 콩이 누렇게 익어야 한다. 하지만 올해는 고르지 못한 날씨에 제대로 영글지 못한 콩이 많다.

서리가 하얗게 내린 날, 콩 타작을 위해 콩대를 들었는데 밭고랑에 일부러 뿌려 놓은 듯 까만 콩알들이 수북이 흩어져 있었다. 그런 콩알들이 난감했지만, 일조량 부족한 날씨에도 탱글탱글하게 여문 검은 알곡이 고맙기만 했다. 지난봄부터 좋지 못한 기후에 노심초사 가꾼 남편의 노고를 생각하며 밭 둔덕을 누볐다. 한 알 한 알 주워 자루에 담자 한 됫박이 되고, 두 됫박에서 한 자루가 되었다. 그만큼 소중하고 보람도 느끼며 먹는 사람들이 맛있게 먹기를 바라는 마음이다.

서리태는 다른 농산물과는 달리 늦게 수확해야 한다. 이미 모든 곡식을 거둬들였지만, 된서리를 맞고 나서야 거둬들인다. 그래서일까. 맛이 유난히 구수하면서도 단맛까지 난다.

전에 나는 서리태를 별로 좋아하지 않았다. 그런데 콩 농사를 지으면서 좋아하게 되었다. 콩 한 알에는 단백질과 탄수화물, 비타민 등이 풍부하다. 청국장에는 사포닌 성분과 토코페롤이 함유되어 있다고 한다. 오죽하면 콩을 밭에서 나는 쇠고기라 했겠는가.

이런저런 생각을 하며 콩을 고르다 보니 시간이 많이 흘렀다. 벌써 한 가마니 정도를 골랐다. 거실 구석에는 어제 골라놓은 콩 자루가 쌓여있다. 마치 복주머니처럼 보인다. 이 콩으로 맛있는 요리를 해 먹을 소비자들이 건강하기를 기원해 본다. 내일은 몇 킬로를 담아야 하는지, 또 얼마나 주문이 들어올까 마음이 바쁘다. 똑같이 시작했는데도 남편은 어느새 복주머니 하나를 또 채웠다.

남편이 인제 그만 자자며 방으로 들어간다. 나는 아직 한참을 더 해야 복주머니를 채울 수 있다. 콩 농사짓는 그 힘든 작업도 거뜬히 해낸 남편을 생각하면 나의 복주머니도 기어이 다 채우고 들어가야겠지만, 허리도 아프고 눈꺼풀도 자꾸 내려앉으니 어쩌랴. 못 이긴 척 슬그머니 들어가 남편 들으라는 듯 한마디 해본다.

"농사꾼은 정말 존경받아야 마땅한 사람들이라고 생각해."

음성천에 모인 행복

음성천에는 자전거와 보행자 도로가 조성되어 있다. 도로 양쪽으로 잘 가꾸어진 꽃밭은 산책하는 이는 물론 행인들의 눈길까지 사로잡는다. 마치 명승지 카드나 그림책에서 본 듯한 풍경이 펼쳐진다. 많은 사람 틈에서 나도 아들과 함께 걷기 운동을 시작한다.

가로등 불빛에 하얀 코스모스가 바람에 일렁인다. 루드베키아 꽃도 환하게 웃으며 우리를 반기고, 달도 우리 모자를 따라 걷는 듯하다. 달은 물속에 제 몸을 담가놓았다. 그곳에서 백로 한 마리가 물속에 주둥이를 들이대다 목을 길게 빼고는 뒤흔든다. 먹이를 찾는 것인지 가족을 찾아 나왔는지 물 위를 사뿐사뿐 거닐기도 한다. 생태가 살아있는 음성 천변을 따라 걷노라면 행복해진다.

양팔을 더 활기차게 흔들고 심호흡하며 발걸음을 옮긴다. 채 한 시간도 되지 않았는데 이마에 땀방울이 송골송골 맺힌다. 낮에는 농사일에 매달리다 보니 몸이 천근만근이지만, 아들과 함께 운동하는 이 시간이 뿌듯하다. 굳어진 몸도 풀고 머릿속 매연처럼 채워진 잡념들을 털어낼 수 있으니 얼마나 좋은가.

아들과 손을 잡고 박자를 맞추며 걷는다. 우리 모자의 발걸음에 사박사박 리듬이 실린다. 뒤따르는 가족인 듯한 일행의 발걸음도 가벼워 보인다. 왁자지껄 대화를 나누며 운동하는 저녁 시간이 행복한 모양이다.

'아이는 때를 기다려 주지 않는다.'라는 말이 있다. 쑥쑥 자라나는 자녀들을 위해 온 가족이 함께 정담을 나눌 수 있는 자리는 중요하다고 본다. 아들과 대화도 나눌 겸 걷기 운동을 제안했을 때 혹여 싫다고 할까 봐 은근히 걱정했다. 다행히 아이가 흔쾌히 따라 주었고 오히려 즐거워하니 여간 고마운 게 아니었다. 강압적인 훈계보다 함께하는 생활 속에서 사랑을 느끼게 하는 게 참교육인 것 같다. 곡식이 주인의 종종걸음 속에서 여문다는 말처럼, 농군으로 살다 보니 튼실한 과일을 맺기 위해서는 손길과 정성 없이는 성공적인 농사를 지을 수 없음을 체득한다. 자식 농사도 마찬가지다. 바쁘다고, 혹은 지쳤다고 소중한 시간을 잠 속에 묻어둘 수는 없다.

이제 중3인 아들이 내년에는 고등학교에 진학한다. 형제가 없어 외로움을 잘 타는데 객지로 가야 할지도 몰라 고교 시절을 잘 버텨 줄지 걱정이다.

요즘은 식욕이 없는지 먹는 둥 마는 둥 하는 녀석은 운동 부족 탓에 늘 피곤해한다. 무엇보다 코피를 자주 흘린다. 공부보다 건강이 우선이니 어떡하든 체력단련을 시켜놓고 볼 일이었다. 늦었다 생각될 때 시작하라는 말이 있지 않던가. 다행이다 싶으면서도 진즉 시작하지 못한 게 아쉬움으로 남는다.

한참 걷다 보니 온몸이 땀으로 뒤범벅이지만 마음만은 한없이 가볍다. 노란 루드베키아 꽃이 밤의 요정처럼 예쁘다. 원산지가 북아메리카로 꽃말은 '영원한 행복'이라 한다. 한 송이보다 여러 송이가 가족처럼 다복이 모여 있는 모습이 더 아름답고 탐스럽다. 한 송이 꽃이 외로워 보이는 것처럼 내 아이도 외동이어서 더 외로움을 많이 타는 것도 같다.

어느 지점부터 내 발걸음이 자꾸 처진다. 아들이 저만치 앞서 걷는다. 부지런히 앞에서 걸어가는 아이를 보고 나도 발걸음을 재촉한다. 이제 얼마 있으면 개학이다. 학교 가기 전에 부지런히 음성 천변을 걸으며 정담을 나누고 걷기 운동을 해볼 참이다.

우리 모자 뒤를 따라왔던 가족은 어느새 건너편에서 걷고 있다. 루드베키아 꽃말처럼 내 가족은 물론 음성 천변을 걷는 모든 이가 건강하고 행복했으면 하는 바람이다.

전하지 못한 선물

꽃집이 사람들로 분주하다. 내일이 어버이날이라 그런지 밤 아홉 시가 넘었는데도 학생들이 꽃바구니를 고르느라 여념이 없다. 나도 가게 안으로 들어가 꽃을 고른다. 밝은 표정으로 반기는 꽃집 주인이 꽃처럼 화사하다. 나는 분홍빛 카네이션과 노란 꽃, 하얀 안개꽃이 어우러진 꽃사지를 골랐다. 시부모님께 달아 드릴 생각에 마음 설렌다.

해마다 이맘때가 되면 꽃집은 사람들로 붐빈다. 어디 북적거리는 곳이 꽃집뿐이겠는가. 상가마다 부모님께 드릴 선물을 고르려는 사람들로 가게 주인도 덩달아 바쁘다. 여러 가지 색색의 선물을 보고 있노라니 친정아버지 생각이 더 난다.

이십여 년 전, 나도 아버지께 드릴 선물을 미리 사놓았다. 그리고는 어서 어버이날이 오기를 기다렸다. 선물은 받는 것보다 주는 것이 더 기쁘고 행복하다는 것을 느끼는 시간이었다.

　시골 작은 마을 농사꾼의 육 남매 중 막내로 태어나신 아버지, 어릴 때 어머니가 일찍 돌아가셨다. 형님들 틈에서 어렵게 지내다 스무 살이 되어 결혼하셨다.

　우리 집은 내가 초등학교 3학년이 되던 해 횡성에서 원주로 이사하였다. 남들이 자식 교육 때문에 시내로 나왔냐는 묻는 말에 아버지는 아무 말씀을 못 하셨다. 아침에 나가면 밤늦도록 술 없이는 집으로 오는 법이 없는 아버지였다. 어머니는 늦게 귀가하시는 아버지를 위해 밥상을 차려 놓았다. 그러나 그 밥상은 문밖으로 나뒹굴기 일쑤였다.

　아버지가 아침에 장을 보러 가는 날이면 우리 식구는 겁에 질려 늦은 시간까지 잠자리에 들 수 없었다. 자상한 아버지는 아니더라도 평범한 아버지이기만 해도 좋으련만, 오죽하면 큰딸인 언니는 지금도 아버지라는 존재는 기억하고 싶지도 않다고 할까.

　그날은 추운 겨울이었다. 아버지의 지인이 헐레벌떡 우리 집에 오셨다. 일을 마치고 술을 먹다 다른 이와 시비가 붙었다고 했다. 한 사람은 머리에서 피가 흐르고 아버지는 배를 움켜쥐고 땅바닥에 누워있다고 했다. 파랗게 질린 엄마는 우리를 데리고 그곳으로 달려갔는데 아무도 없었다. 한참을 그 자리에서 떠나지 못하고 있었다. 그때 경찰이 다가오더니 아버지를 병원으로 데려갔다고 했다. 이런 일이 수없이 반복되었으니 병원에서도 어디 누구라면 다 알 정도가 되어버렸다. 아버지의 친구들은 대부분 술친구뿐이었다.

한 번은 술자리에서 친구한테 보증을 서 준다고 도장을 찍어주었는데 돈을 쓴 사람이 야반도주했다. 요즘은 드문 일이지만 그때는 남의 보증을 서는 일이 허다했다. 그 때문에 우리 집은 논과 집을 다 빼앗긴 채 남의 집 창고로 이사를 하게 되었다. 우리는 그런 아버지를 평생 원망했다. 그래도 여전히 집안일은 뒷전이고 눈만 뜨면 술을 먹기 위해 나가셨다.

나는 한량으로만 사는 아버지가 싫었다. 나도 숨을 쉬며 살고 싶었다. 객지로 나가 직장생활을 하였다. 몇 년 동안은 고향 집에 연락을 끊은 채 죽은 듯이 살았다. 오랫동안 객지 생활을 하다 보니 내 마음속의 분노도 서서히 가라앉는 것 같았다. 그러면서 차츰 아버지 생각에 멍해지곤 했다.

어느 해 가을, 아버지의 생신이 다가왔다. 아버지께 드릴 선물을 사놓고 고향 갈 날을 손꼽아 기다렸다. 며칠만 있으면 부모님을 뵈러 간다는 생각에 마음 설렜다. 그런데, 뜻밖의 비보가 날아왔다. 온몸에 기운이 빠지면서 한순간의 원망은 안타까움으로 변해갔다. 달려간 병원에서의 아버지는 산소 호흡기에 의지한 채 아무 말 없이 누워계셨다. 몸을 만져보니 이미 싸늘했다. 순간, 나는 마음속으로 '손목시계와 금반지, 구두도 사놓고 기쁘게 해 드리려고 했는데…' 하며 울먹였다. 큰엄마의 말이 들려왔다.

"넌 효녀구나. 아무 생각 말고 편안히 가라고 해도 떠나지 못하고 숨을 몰아쉬더라. 이렇게 너를 보고 가려고 그랬나 보다."

그동안 아버지도 나처럼 당신 생신을 기다렸을까? 올해는 특별히 육순이니까 오랫동안 오지 않던 딸을 볼 수 있을 거라고.

아버지가 그렇게 가신 지 이십여 년이 되었다. 전해드리지 못한 선물은 해마다 이맘때가 되면 내 마음속에 되살아난다.

꽃샘바람

조금 전까지만 해도 햇살이 눈 부시도록 밝았는데 갑자기 바람이 횡횡 불고 눈발까지 날린다. 회색빛 하늘은 무겁게 내려앉고 바람은 소용돌이친다. 아파트 베란다 창문 너머의 스산함이 마음마저 흔들어 놓는다.

엊그제만 해도 성큼 봄이 다가온 것 같았다. 가로수 벚나무의 꽃눈은 금방이라도 터질 것처럼 부풀어 올랐다. 봄 햇살을 받으며 꽃을 빨리 피우려 설레는 마음이었을 나무, 초등학교 입학을 앞둔 아이 모습 같기도 했다.

곧 초등학교와 중·고등학교, 대학교 입학식이 시작되는데 바람이 시샘이라도 하는 걸까. 입학 시즌에는 어김없이 꽃샘바람이 불어와 새내기들의 마음을 움츠리게 한다. 반짝 햇볕이 나는가 싶다가 금방 눈바람이 부는 듯한 사람을 변덕이 심하다고 한다. 정말 날씨가 변덕이 난 걸까. 아니면 무슨 요술을 부리려 햇볕을 내밀다가 금세 눈보라를 일으키는 걸까. 이 역시 하늘의 이치가 아닐까 싶다.

추운 겨울이 빨리 지나가기를 간절히 기다렸다. 그동안 지인과의 갈등이 유난히 많아서 봄이 오기를 기다렸던 것 같다. 상대방의 기분을 맞추기 위해 무던히 노력했으나 상황 변화는 없었다. 수십 번 마음을 가다듬고 다독이는 내 심정은 긴긴 겨울이었다. 꽃샘바람을 마주한 자연을 보며 답을 찾는다. 나무들은 모양과 크기가 제각각이지만 더불어 살아가고 있다. 상대방을 이해하기 어려울 때는 사람 역시 각자의 독특한 개성이 있다는 것을 인정하면 상황이 좋아지지 않을까.

따뜻한 봄이 쉽게 와 버린다면 봄의 소중함을 모르듯, 인간관계에서도 갈등이 없다면 상대방이 얼마나 소중한 존재인지 깨닫지 못할 수도 있을 것이다. 언제나 좋은 일만 있는 것이 아니라 부대끼며 다름을 알게 되고 비로소 상대를 이해하게 될 테니까. 몇 차례 꽃샘바람이 불고 난 후에 맞이하는 봄이 우리를 더 기쁘게 해 주듯이.

한번 흘러가면 다시는 돌아오지 않는 게 우리네 삶이다. 봄이 오지 않을 것처럼 쏟아지는 3월 눈의 기세도, 햇살 한 줌이면 맥을 못 추고 스르르 녹아 새싹을 키우는 생명수가 되지 않던가. 내 아품을 통해 내면이 성숙하고 이웃을 따뜻한 눈길로 바라볼 기회가 되기를 기대한다.

바닷가의 모난 조약돌이 서로 부대끼는 동안 예쁜 돌이 되듯이 이웃이 있어 나의 삶도 아름다울 수 있지 않을까.

좀 더 마음이 큰 사람이 되고 싶다.

꽃샘바람은 어느새 잠잠해지고 따스한 햇볕이 나를 비춰준다.

길

오랜만에 충주에 사는 언니와 내가 부부 동반으로 원주 친정 나
들이를 가는 중이다. 얼마쯤 가다 멀미가 나 창문을 열었다. 아스
팔트 길 양편에 살랑 바람에 흔들리는 코스모스와 곱게 물든 가로
수 단풍이 우리를 반긴다. 들녘에는 누렇게 익은 벼가 가을 햇살에
눈 부시다.

며칠 전 개인택시를 지정받은 형부는 운전하며 신이 났다. 요즘
유행하는 트로트 음악을 크게 틀어놓고 장단에 맞춰 어깨를 으쓱
이며 연신 입을 다물지 못한다. 이십여 년을 회사 택시만 운행하다
가 그렇게도 소원하던 개인택시를 갖게 되었으니 하늘을 날 것 같
은 형부의 기분을 알 것 같다.

친정이 가까워질수록 병풍처럼 둘러쳐진 산들이 정답게 다가온
다. 예전에는 하늘만 빠끔히 보일 만큼 숲이 울창하던 곳이다. 길

이 좁아 반대편에서 경운기라도 오면 한쪽이 비켜 줄 때까지 한참을 멈춰 서 있어야만 했다.

언니를 바라본다. 세월의 흔적일까, 삶의 여파일까. 곱던 자태가 많이 변했다. 오늘따라 행복해하는 언니의 모습이 소녀처럼 보인다. 돌아보면 쉽지만은 않았던 언니의 지난날이다. 가슴 한켠이 아파왔다.

삼십여 년 전 늦가을이었다. 언니는 집안 아주머니의 중매로 형부와 결혼했다. 충주 시내로 들어오는 초입 한옥에서 신혼살림을 시작했다. 널찍한 마당에 꽃밭까지 있는 집이었지만 언니의 신혼은 유별났다. 중·고등학생인 두 시누이가 언니네 집으로 들어와 살게 된 것이다. 그 와중에 첫아이를 출산하여 집안일은 끝이 없었다. 따로 사는 시부모였지만 살림살이를 일일이 간섭하고 형부는 마냥 효자였으니 의지할 데 없는 언니는 일하는 사람에 불과했다. 그 집안 어디에도 언니의 삶은 없었다.

사돈어른은 형부의 봉급날이면 직장 정문 앞에서 기다리다 봉투째 받아 갔다. 할 수 없이 언니는 막일에 뛰어들 수밖에 없었다. 청순하던 언니의 모습은 점점 어두워가고 그 곱던 손은 거칠어만 갔다. 사돈어른은 무속인이었다.

첫 조카의 옷을 사 들고 언니 집으로 갔을 때다. 그날 날카로운 눈빛으로 나를 보더니 갑자기 옷 봉지를 낚아채서는 귀신이 붙었다며 그 자리에서 불태워 버리는 것이 아닌가. 참으로 황당하고 어이가 없었다. 당장 언니의 손을 끌고 그곳을 빠져나오고 싶은 것은 마음뿐, 나는 꼼짝도 못 한 채 그 자리에 서 있었다. 그 아린 기억은 지금도 내 마음 깊이 각인되어 있다. 왜 사돈어른은 며느리 친정 식구라면 도가 지나치게 미워한 것일까. 그 의문이 나에게는 지금까지도 풀리지 않는다.

나쁜 일은 덩달아 오는 건지, 매서운 추위가 휘몰아치던 어느 겨울날 언니는 첫 아이를 잃었다. 집 근처 공터에서 당한 교통사고였다. 자식을 잃은 어미 심정이 오죽할까마는 사돈어른은 모든 것이 며느리가 박복한 탓이라며 언니를 더 심하게 구박했다.

착하기만 한 언니가 왜 이리 힘든 길을 걸어야 하는지 나는 화가 났다. 참으로 암담하고 질척거리는 늪이었다. 비 오는 날 걸어가는 울퉁불퉁한 황톳길과도 같았다. 몸보다 발이 더 무거워도 묵묵히 걸어야만 하는 길이었다.

끝이 없을 것 같던 고통의 길을 벗어나게 한 것은 모성애가 아니었을까 싶다. 아이를 잃고 실의에 잠겨있던 언니가 쌍둥이를 출산한 것이다. 언니는 쌍둥이를 생각하며 눈물을 닦았고, 용기와 희망을 가졌다. 쌍둥이는 언니가 살아가는 이유였다. 그 아이들이 있어 언니는 '전설의 고향'보다 힘든 고비를 잘 넘겨서 오늘과 같은 기쁜 날을 맞은 것이다.

개인택시가 나오자 친정 나들이에 나선 언니 부부, 어찌 감회가 깊지 않으랴. 길이 무척 좋아졌다며 부부가 마냥 행복한 표정이다. 길 건너편에는 또 무슨 길을 닦는지 도로 공사가 한창이다. 높고 험한 산을 헐어내어 길을 넓히고 지금은 아스팔트 포장 공사가 한창이다. 강을 가로지르는 커다란 다리도 놓이고 험준한 산에는 터널 공사도 하고 있다. 중장비를 동원하여 산이 크게 파헤쳐졌는데도 정든 고향길이어서일까. 오히려 활력이 넘쳐 보여 좋다.

험준한 산도, 건널 수 없을 것 같았던 깊은 강물도 젊은 시절 언니가 넘고 건너야 했던 삶이었다. 이제 언니 앞에는 이 도로처럼 편평한 길만 있었으면 좋겠다. 언니가 가는 나지막한 산길, 고요히 흐르는 강물 같은 길이라면 형부와 든든한 쌍둥이 두 조카와 함께 티격태격 걸어가며 소소한 행복을 누리며 살게 되리라.

언니의 젊은 시절, 그토록 타박하던 저세상에 계신 사돈어른도 생전에 못다 준 사랑을 후회하며 지금 피붙이의 행복한 모습에 고개를 끄덕이고 있지 않을까.

멀리 고향 마을이 보인다. 길은 끝나는 곳에서 다시 시작되고 끊임없이 우리를 속이지만, 언니는 험난한 인생길을 묵묵히 감당하며 걸어서 오늘을 맞이했다. 나 또한 내 삶이 인도하는 길을 기쁘게 서두르지 않고 걸어갈 것이다.

꿈

시아버님 장례를 치르고 얼마 지나지 않아 충주에 사는 친정 언니한테서 전화가 왔다.

"어젯밤에 네 시아버님 꿈을 꾸었어. 환한 얼굴로 꽃무늬가 있는 나팔바지를 입고 계시더라. 사돈어른이 환하게 웃으시는 걸 보면 분명 좋은 데 가신 것 같아."

"언니, 나도 아버님이 천국에 가셨을 거라고 생각해."

살아생전 아버님은 늘 단정하고 깔끔한 차림이셨다. 외출하실 때는 회색 모자에 정갈한 정장 차림이셨는데, 그런 아버님이 문밖을 나서시면 거짓말 조금 보태자 길목이 다 훤했다. 옷매무새만큼 마음가짐 또한 곧은 아버님은 운명할 때도 주무시듯 편하게 가셨다. 그런 모습을 보아온 동리 사람들은 구십 세를 넘기고 큰 고생 없이 가셨으니 고종명의 복을 누리신 분이라고 했다.

아버님은 농사일에 이골이 난 분이다. 허리가 휘도록 땅을 일구며 맏이인 아주버님의 과수원 일까지 한시도 쉬지 않고 도우셨다. 과수원 작업의 봉지 씌우기부터 과일 상자 접는 일, 고추 따는 밭작물까지 일손을 덜어주시곤 했다. 또 "맏이가 잘살아야 집안이 화목하다."라는 말씀을 늘 하셨다. 그렇듯 아버님은 맏이에 대한 사랑이 남다르셨다.

15년 전쯤의 일이다. 장날에는 꼭 외출하는 아버님은 그날도 어김없이 회색 바지에 흰 와이셔츠를 입고 모자까지 갖춰 쓰고는 장터로 향하셨다. 그날은 장터에서 온종일 계시다가 저물녘에나 귀가하는데 손에 까만 봉지가 들려 있었다. 봉지 안에는 장날에만 맛볼 수 있는 알록달록한 과자가 들어있었다.

그 과자봉지를 높은 선반에 올려놓았는데 큰 아드님의 맏손자가 아닌 둘째 아들의 손자인 우리 아들이 그 과자를 꺼내 먹으려고 까치발로 안간힘을 쓰고 있었다. 그때 아버님이 외치셨다.

"안돼, 이건 장손자 일어나면 줘야 해!"

아버님은 과자봉지를 매몰차게 가져가셨다. 손자는 다 같은 손자일 텐데 차별하는 아버님의 태도에 정말 서운했다.

시어머님은 우리 자식들에게 "너희 아버지가 옛날 젊었을 때 고생한 것이 마음에 걸린다."라고 말씀하셨다. 아버님은 5남매 중 둘째로 몹시 가난해서 안 해본 일이 없으셨다. 그래서 가난에 대한

한이 많으셨을 것이다.

아주버님은 시아버님을 똑 닮았다. 시아버님 장례 때 동리 사람 중에는 "장례 치르고 나서 형제간에 다툼이 있을 거라."고 걱정한 분이 있었다. 그런데 그분들의 예측은 완전히 빗나갔다.

시아버님이 떠나신 빈자리를 아주버님이 훌륭히 대신하고 계시다. 한결 더 너그럽고 온화해지신 아주버님이다. 땀 흘려 지은 고구마를 선뜻 나누어 주고, 달콤한 배도 나누어 주신다.

아버님 장례를 아주버님의 주도로 형제들이 합력하여 순리대로 진행하니 마음이 가벼웠다. 어쩌면 아버님이 하늘에서 내려다보고 형제간에 잘 지내고 있음에 흡족하여 언니의 꿈에 나타나신 건 아닐까.

시아버님은 6·25전쟁 참전용사여서 국립호국원 맨 윗자리에 마련된 영혼의 집에 드셨다. 그곳에서 먼저 간 전우들을 만나 가슴 시렸던 한을 풀고 계시리라. 송구스러운 것은 살아계실 때 미리 모시고 와 보지 못한 일이다. 이제는 아버님이 남기신 큰 선물, 7남매와 함께 똘똘 뭉쳐 형제간 우애 있게 지내는 게, 남은 우리 형제들이 할 일이라고 생각한다.

꿈에서나마 장터로 향하시는 아버님의 모습을 한 번이라도 뵙고 싶다.

하루 전날 밤

　내일이면 아이의 개학 날이다. 밀린 방학 숙제 때문에 온 가족이 분주하다. 그날그날 계획표대로 했으면 좋았으련만, 마냥 놀기만 하다가 한꺼번에 하려니 온 식구가 초비상이다.

　며칠 전에 만들기 숙제를 해 놓았다. 건조되면 색칠만 하면 완성된다고 생각했는데 갈라지고 터져버리는 착오가 생긴 것이다. 눈사람은 하얀 지점토로 만들었다. 남편은 거실에서 찰흙으로 표현한 눈에 하얀색을 입히고 있었다. 부산하지만 남편의 자상한 모습을 보니 행복감이 밀려온다. 나는 찰흙 인형에 옷을 입히는 중이다.

　"엄마! 엄마! 이걸 한자로 어떻게 쓰지?"

　아이의 급한 목소리다.

　"진즉에 좀 할 것이지, 여태 놀다 지금 와서 뭘 더 잘하려고 그래! 그냥 대충 해!"

나는 냅다 소리를 질러댄다. 밀린 일기를 오늘 다 써야 한다며 한자까지 섞어 쓰겠다니 좋은 소리가 나가지 않는다. 그러나 한편으로는 방학 동안 신경 한 번 써주지 않다가 이제 잔소리하는 어미가 더 잘못이지 싶다.

아이도 방학이 시작되자 하고 싶은 것도, 가고 싶은 곳도 많지 않았을까. 방학 때 서울 나들이도 가고, 강원도 바닷가에도 가보자고 졸라댔다. 야단은 쳤지만, 아이의 마음을 이해할 수 있을 것 같다. 그래도 숙제는 해 가겠다는 아이가 한편 대견스럽다.

얼마쯤 시간이 흘렀을까.

"이제 마무리가 되어가니 대충하고 그만 자자." 이 말을 남기고 남편이 손을 씻으러 간다. 색칠은 마쳐야 하는데 시곗바늘은 영시를 지나가고 눈꺼풀은 내려온다. 눈과 코를 그리고 찰흙 인형 옷에 예쁘게 모양을 내고 끝마친다. 한바탕 소란을 피우고 나니 나의 유년 시절 방학 생활이 떠오른다.

겨울방학이 시작되면 얼음판에서 매일 같이 살다시피 했다. 또 서울 외갓집에도 놀러 가고 이모네도 갔다. 두 달이나 되는 긴 방학이었는데 숙제는 늘 뒷전이고 뛰어놀기만 했다. 개학 하루 전에도 다 못한 과제물을 부모님이나 나도 별걱정 없이 가방을 챙겨 학교에 가곤 했던 생각에 슬그머니 웃음이 난다.

지금처럼 아이가 한둘도 아니고 집집이 사오 남매씩 두었으니 부모님은 바쁜 일손에 자상하게 돌봐줄 여유가 없었을 것이다. 그런데도 우리는 건강하고 우애 좋게 잘 성장하지 않았던가.

어느새 아이는 편안한 얼굴로 잠이 들었다. 아이는 나중에 어른이 되어 지금을 어떻게 추억할까.

희망의 메시지

학원을 가기 위해 아침 일찍 문을 나선다. 아파트 뒤 두충나무 숲에서 기쁜 소식을 알리려는지 까치들이 푸드덕 날아오른다. 작년까지만 해도 아파트 옆 개울가에는 겹겹이 얼음이 얼어 아이들이 썰매를 타고 놀았다.

겨울 한복판인 이른 새벽인데도 올해는 그리 춥지 않다. 포근하기만 한 날씨를 걱정하는 사람들이 많지만 이른 아침 집을 나서야 하는 나는 포근한 날씨가 반갑다. 방학 중이라 그런지 공원길은 한두 사람 오갈 뿐 한적하기만 한데 나의 발걸음은 빨라진다. 올해는 배우고 싶은 것도, 해야 할 일도 많기 때문이다.

"건강하고 새해 복 많이…."

요즈음 핸드폰에 메시지로 뜨는 인사말이다. 카드나 예쁜 엽서는 아니지만, 딩동~ 소리와 함께 도착하는 덕담으로 좋은 일이 생길 것만 같다.

"올 한해 행복하세요."

새해 인사말이 기분 좋게 느껴지는 것은 그 안에 희망이 담겨 있기 때문이 아닐까 싶다.

한 해가 바뀐 지 벌써 사흘이 지났다. 올해는 황금돼지 해라고 한다. 그래서인지 금색의 돼지저금통이 장식장과 진열장을 차지한 집을 자주 본다. 엊그제 직행버스를 타고 청주로 가면서 본 풍경이다. 시내로 들어가는 입구 도로 옆에 황금색 돼지들이 반짝반짝 빛을 내고 있었다. 플라스틱 의자에 올라선 돼지들이 길게 줄을 서 지나가는 차량에 올해에는 꼭 꿈을 이루라고 꿀꿀거리며 인사를 하는 것 같았다. 그중에 나도 선택된 사람 같아 저절로 미소가 번졌다.

돼지꿈을 꾸면 좋은 일이 생긴다고 하지 않은가. 복권을 사서 당첨을 꿈꾸며 당첨금은 어떻게 쓸까 행복한 고민을 하는 사람도 있을 것이다. 당첨이 되면 좋지만 설사 되지 않아도 좋다. 꿈을 꾸는 동안 행복했으니까 말이다.

지난여름에 늦은 공부를 시작했는데 생각과는 달리 잘되지 않는다. 이미 머리가 굳어버린 탓일까. 학원에서 집으로 돌아오면 배운 내용을 까맣게 잊어버리기 일쑤다. 참으로 답답한 몇 달이 지났다. 그러자 차츰 엉킨 실타래가 풀리는 느낌이었다. 복잡하기 짝이 없

던 수학 문제도 이해가 되고 눈이 밝아지는지 영어도 서서히 눈에
들어오기 시작했다. 가슴에 묻어두었던 캠퍼스 생활의 꿈에 한 걸
음 다가선 느낌이다.

간절히 원하면 꿈이 이루어진다고 하지 않던가. 60년 만에 찾아
온 황금돼지해인 올해는 늦은 공부를 하는 나에게 특별한 의미가
있는 해이다. 어찌 나에게만 의미 있는 해이겠는가. 모든 사람의
소망이 이루어지길 진심으로 바라며 희망의 메시지를 보낸다.

2

붕어의 항변

거실에서 조용히 혼자서

커피를 마시고 있는데 목욕탕에서

무엇인가 부서지는 듯한 소리가 났다.

화들짝 놀라 문을 열어보았지만,

목욕탕은 조용하고 깨끗했다.

분명 부서질 듯한 소리가 났는데

이상한 일이었다.

이후로도 하루 두어 번씩 소리가 들렸다.

그 소리의 정체는

붕어가 내는 소리라는 것을 며칠 후 알게 되었다.

붕어가 튀어 오르며

반신용 덮개에 부딪히는 소리였다.

－본문 중에서

동반자

며칠째 복숭아 봉지 씌우는 일을 하고 있다. 시작할 때만 해도 3천여 평이나 되는 이 일을 어떻게 다 끝내나 아득했는데 어느새 절반을 넘게 씌웠다. 아래에서 올려다보면 나무마다 주렁주렁 노란 옷을 입었다. 마치 복숭아가 노랗게 익은 듯하다.

오늘은 평소보다 일꾼을 더 불렀다. 요즘 농촌은 외국인이 아니면 일손을 감당할 수 없는 형편이다. 다행히 우리 과수원은 마을 사람들로 감당하지만, 옆 농가는 팀을 이루어 다니는 외국인을 기다리고 있다. 그나마 외국인노동자가 있어 농사를 지을 수 있다. 날씨는 더워지고 곧 장마까지 들이닥칠 텐데 제때 일을 못 하면 헛농사가 될 상황이다.

복숭아가 실하지 못하면 어쩌나 서두른다. 서너 명이 한 조가 되어 봉지를 씌우다 보니 여기저기서 웃음소리가 잔칫집을 방불케 한다.

재작년 일이 떠오른다. 그날도 복숭아에 봉지를 씌우던 이맘때쯤이다. 아주머니 몇 분이 일하고 있었다. 일을 마칠 무렵 갑자기 한 아주머니가 고함을 쳤다.

"난 도저히 마음이 맞지 않아 일을 더 못하겠어. 그 사람을 그만두게 하지 않으면 우리 일곱 명은 내일부터 안 올 거여!"

도대체 누구를 못 오게 하라는 것인지, 소리를 지르는 이유조차 감을 잡을 수가 없었다. 황당하고 어이가 없어 밤새 머리가 아팠다. 이튿날 소리를 지른 아주머니 일행은 오지 않았다. 우리 부부는 몸이 달아 어둑새벽부터 초저녁별이 뜰 무렵까지 봉지를 씌웠다. 목이 꺾어질 지경이었다. 때를 놓치면 농사는 망치게 돼 있어 죽을 둥 살 둥 밭에서 살았다. 나중에 그 아주머니의 일행이 큰소리친 이유를 듣게 됐다. 집밥이 아닌 식당 밥을 시켜 준 것이 불만이었단다.

이후 후유증이 깊어서일까. 올해도 열매솎기는 시작도 안 했는데 밥걱정이 앞섰다. 해야 할 일은 많고 몸도 마음대로 따라 주지 않는 상황에서 먹거리를 어찌 해결해야 할지 고민이 컸다. 더군다나 인건비도 오른 데다 내가 집에서 밥을 해서 나르는 일은 여간만만하지 않다. 밥하는 시간에 일하는 것이 오히려 일도 훨씬 줄고 식당 밥을 시켜 먹는 것이 더 절약된다. 하지만 일꾼들은 갈수록 일보다는 먹거리에 관심이 많다.

어느 한쪽으로 고심이 깊으면 다른 한쪽으로 방도가 생기나 보다. 인력대행업체가 늘어나면서 농가의 큰 걱정을 해결해 주고 있다. 이 또한 외국인노동자들의 덕이다. 그네들은 참과 점심까지 준비해 온다. 과수원 일도 조를 짜 야무지게 마무리해 놓는다. 그러니 농장마다 외국인 노동자를 더 선호할 수밖에 없다. 외국인 인력만 쓰겠다는 농가가 점점 늘고 있다.

과수원마다 한목소리로 외국인이 없으면 농사 못 짓는다고 한다. 동네 사람의 품을 사는 것은 하늘의 별 따기만큼 힘들고 지친다. 외국인 인력은 과수원 일이든 공장 일이든 그 어떤 일을 시켜도 잘 해낸다.

작년에는 이웃 과수원 일을 도와주며 외국인과 함께 일을 했다. 언어는 통하지 않지만 몸짓으로 다 통한다. 한 가지 일을 하면 다음 일을 알아서 척척 해 나간다. 눈썰미가 보통이 아니다. 내가 만약 외국에 나가 그와 똑같은 일을 했더라면 바로 포기하고 돌아왔을 것 같다.

남편 친구도 올해는 복숭아 봉지 씌우는 일을 외국인과 했다고 한다. 눈썰미가 어찌나 좋은지 한두 시간 지나자 꼼꼼하게 봉지 씌우는 일을 잘하더란다. 무엇보다 새참을 챙겨오니 그렇게 좋을 수가 없다고 했다.

일꾼에게 농장주가 챙기는 건 당연한 일이다. 하지만 사람들의 입맛이 제각각이니 내가 아무리 신경을 써도 모두의 식성을 맞추기란 여간 어려운 것이 아니다. 농가마다 식당 밥을 주문해 주니 일꾼들이 투정하는 것도 이해는 된다. 된장 한 가지라도 좋으니 직접 만들어 달라는 요구인데 농사철마다 일손이 달리니 어쩌랴.

농촌마다 외국인 노동자가 눈에 많이 띈다. 나라도 다양하다. 대농을 하는 농업인은 아예 그 사람들의 의식주를 마련해준다. 주로 아시아인으로 중국, 베트남, 태국 그리고 더 멀리 러시아인들도 있다. 이제 이들이 없으면 농사도 못 짓지 싶다. 어디 농사뿐일까. 힘든 일을 하는 공장에서도 그네들이 없으면 어쩌지 못한다. 부지런한 그네들이 있어 산업체가 돌아간다. 우리에게도 그들은 과수원이 잘 돌아가게 해 주는 동반자다.

붕어의 항변

붕어가 우리 집 목욕탕에서 지낸 지도 서너 달이 되었다. 처음에
는 쪄 먹을 요량으로 배 속의 이물질을 토하라고 욕조에 넣었는
데, 어찌나 힘이 넘치게 헤엄을 치는지 붕어를 차마 잡을 수 없었
다. 하루 이틀 바라보다 이제는 정이 들었다.

석 달 전, 남편은 친구가 주었다며 까만 봉지를 불쑥 내밀었다.
바가지에 쏟으니 크고 작은 물고기가 가득했다. 이미 죽은 것도 있
고 몇 마리는 숨을 할딱거렸다. 그중에 손바닥만 한 붕어 두 마리
가 꼬리를 파닥파닥 움직였다. 우선 붕어 두 마리를 욕조에 넣어
주기로 했다. 욕조 위 절반은 반신용 덮개를 얹어 놓았다. 물은 붕
어가 토해 놓은 이물질로 금세 탁해지곤 했다. 물을 갈아주면서도
개울에서 사는 물고기가 과연 수돗물에서 얼마나 견딜 수 있을까
걱정되었다. 붕어는 시간이 갈수록 더 생기가 났다.

어느 날이다. 거실에서 조용히 혼자서 커피를 마시고 있는데 목욕탕에서 무엇인가 부서지는 듯한 소리가 났다. 화들짝 놀라 문을 열어보았지만, 목욕탕은 조용하고 깨끗했다. 분명 부서질 듯한 소리가 났는데 이상한 일이었다. 이후로도 하루 두어 번씩 소리가 들렸다. 그 소리의 정체는 붕어가 내는 소리라는 것을 며칠 후 알게 되었다. 붕어가 튀어 오르며 반신용 덮개에 부딪히는 소리였다.

이후 우리 집에 올 때 붕어 몸 색깔이 진했는데 점점 연하게 바뀌어 갔다. 남편은 영양 부족인 것 같다며 밤톨만 한 밥 덩어리를 장 국물에 섞어 물속에 던져 주었다. 붕어가 밥을 잘 받아먹었다. 한참을 지켜보던 남편은 혼자가 아니라 다행이라고, 외롭지 않겠다고 했다. 그 소리를 듣던 아들도 들여다본다. 그런데 아들이 갑자기 목소리를 높인다.

"엄마, 이리 와 보세요. 붕어 꼬리가 휘어졌어요."

가까이서 보니 붕어 꼬리가 정말 기역 자로 꼬부라져 있다. 햇빛을 못 본 탓일까. 아니면 올 때부터 그랬던 것일까. 어쩌면 우리 집에서 변형이 된 것일지도 모른다는 생각이 들자 미안했다. 구부러진 물고기를 보고 있으려니 러시아에서 본 풍경이 생각이 났다.

몇 년 전 러시아로 문학기행 겸 상트페테르부르크에 갔다. 차창 밖에는 잔디가 무성하고 껍질이 하얀 자작나무가 보였다. 청바지에 배꼽티를 입은 아름다운 러시아 여성들에게서 옛 제국주의 그

림자는 찾아보기가 힘들었다.

초록의 잔디밭에는 사람들이 나란히 누워있었다. 일행들의 시선이 모두 그쪽으로 모였다. 다가가 보니 여자, 남자, 어린이까지 잔디에 누워있었다. 웃옷을 벗은 사람들이 대부분이고 간간이 수영복을 입은 사람도 있었다. 신기해하는 우리에게 가이드는 일광욕을 하는 중이라 했다.

러시아는 태양을 볼 수 있는 기간이 짧다. 겨울은 길고 여름은 짧아서 구루병 환자가 많다고 했다. 햇볕을 충분히 쬐지 못해 비타민D가 부족하게 되고, 뼈를 튼튼하게 하는 무기질인 인산칼슘이 뼈에 침착되지 않아서 매우 약하거나 심하면 휘기까지 하는 것이다. 볕이 어디 사람에게만 필요할까. 언젠가 아파트 베란다에 놓았던 피튜니아 잎과 꽃, 덩굴손이 태양을 향해 자라는 것을 본 적이 있다. 태양은 모든 동식물에 꼭 필요한 에너지임이 분명하다.

베란다 양지쪽에 큰 함지박을 놓고 반쯤 물을 채웠다. 김장 때 쓴 미나리 뿌리도 넣었다. 그리고 붕어를 넣었다. 붕어는 함지박에 들어가자마자 미나리 뿌리를 흔들어서 흙탕물로 만들어 놓았다. 수초를 헤집으며 마음껏 헤엄친다. 잘 놀고 잘 크는 모습을 지켜보며 그제야 붕어가 튀어 올랐던 것이 항변이었음을 알아챘다. 붕어는 매번 냇가로 보내 달라 외쳤다. 답답함을 호소하려 위로 튀어 올라왔던 것이었다.

어서 새봄이 오길 고대한다. 얼음이 녹으면 붕어를 들고 냇가로 걸 것이다. 아들이 제 손으로 놔주고 싶다고 했다. 두 마리의 붕어가 그날까지 건강하기를 바랄 뿐이다.

향기로운 포도원

며칠째 포도밭 일을 하는 중이다. 포도송이를 솎기 위해 가위를 댄다. 잘리는 포도송이들이 제발 자르지 말라고 애원하는 것 같다. 그러나 간격을 둬야 튼실한 열매를 맺을 수 있으니 어쩌랴.

일에 몰두하다 보면 시간 가는 줄 모른다. 한참을 포도 솎는 일에 열중하고 있는데 '쿵!' 하는 소리와 함께 비명이 들린다. 급히 돌아서 넓은 농장을 두리번거린다. 아무도 보이지 않는데 신음은 이어진다. 귀를 열며 달려가 보니 언니가 데굴데굴 구르고 있다. 발판으로 오르내리던 노란 박스가 한쪽으로 내동댕이쳐져 있다. 일은 마음만큼 줄지 않고 마음만 급하다 보니 발을 헛디뎠나 보다.

택시를 불러 언니를 병원으로 보냈다. 제발 큰일이 일어나지 않기를 바라며 하던 일을 계속한다. 주인이 다치니 일에 속도가 붙지를 않는다. 경기도에서 살던 언니는 어렵사리 이곳 음성으로 내려와 이제 막 정착하는 중이었다.

처음 언니를 알게 된 것은 십여 년 전이다. 매주 수요일이면 언니는 털털거리는 트럭을 끌고 평택에서 이곳 음성으로 달려왔다. 예총 창작교실에서 수필 강의를 듣기 위해서이다. 언니는 이십여 년을 경기도 평택에서 포도 농사만을 지었다. 나중에 안 일이지만 늘 밝은 표정의 언니에게도 남모르는 그늘이 있었다. 가정에 어려움이 생겼는데 오랫동안 그 수렁에서 벗어나지 못하던 중이었다. 참고 참아왔던 언니는 부당한 인내에 종지부를 찍고 음성에 터를 내리기로 했다.

평생 농사만 지어왔으니 농사지을 사과밭을 샀다. 큰 공사가 벌어졌다. 사과나무를 잘랐다. 가지를 치우고 보니 땅이 울멍줄멍 했다. 한동안 굴착기가 왔다 갔다 하더니 배수가 잘될 만큼 적당한 경사를 이루는 땅으로 바뀌었다. 뒤이어 큰 차가 들락날락하더니 엄청난 양의 쇠 파이프와 처음 보는 부속품들이 들어왔다. 그 자제들을 4,500평의 비닐하우스로 탈바꿈시키느라 언니는 그해 겨울 찬바람 속에서 인부들과 함께 밭에서 살았다.

이듬해 봄, 손가락처럼 가느다란 포도나무를 심고 온 힘을 기울여 가꾸기 시작했다. 남자도 힘든 일을 거침없이 해 나갔다. 주위 사람이 놀랄 정도였다. 낮에는 포도밭을 가꾸고 밤이 되면 공부하는 언니, 어떡하면 약을 덜 치고 튼실한 열매를 달리게 할지 늘 고

심한다. 언니의 불굴의 투지, 시종 웃음을 잃지 않는 긍정과 성실함에 이웃이 다가왔다. 여걸이라 불렀다. 언니에게 포도 농사 노하우를 전수받으러 오는 사람이 늘어났다.

병원에 입원해 있을 언니 생각에 포도밭을 비워 둘 수가 없어 시간을 내서 송이 숨기를 하고 있었다.

손목이 골절되어 입원한 언니가 환자복을 입고 깁스를 한 채 농장에 나타났다. 마음은 포도밭에 있다 보니 사흘 만에 포도원을 찾아온 것이다. 반가웠다. 택시를 타고 왔거니 했다. 그런데 한 손만으로 운전대를 잡고 차를 몰고 온 것이었다. 포도 열매가 얼마나 자랐는지, 일은 어떻게 되어가고 있는지 누워있을 수가 없더라는 언니다.

주인의 마음을 알았을까. 포도송이들이 더없이 싱그러운 표정으로 언니를 맞았다.

3주 동안 병원에서 포도원으로 출근하는 언니의 정성으로 포도는 잘 자라주었다. 농장 주인은 얼마나 뿌듯하고 벅차오를지, 오늘따라 언니의 모습이 참 편안해 보인다.

팔월이 되면 포도나무를 심은 지 3년 만에 첫 수확을 보게 된다. 언니의 몸에는 땀 냄새로 가득하다. 어떤 향수가 저보다 향기로울까. 포도에 대한 애정으로 흘린 땀 냄새, 시련을 이겨내고 당당하게 홀로선 언니만의 향기다.

'향기로운 포도원', 언니네 농장 이름이다. 향기가 있는 곳에는 벌과 나비가 끊이지 않는다고 했다. 따듯한 사람 냄새부터 향기로운 이곳, 앞으로 아름다운 과실과 사람들로 향기로운 포도원이 다 복다복할 것이리라.

약막골

꼬불꼬불한 길로 접어들었다. 길 양쪽으로 망울진 채로 기다리는 풀꽃들이 한창이다. 과수원이 웅집한 길을 따라 가지가지마다 과일이 풍성하다. 이곳은 청명한 공기와 맑은 물로 '약막골'이라 불리는 곳이다. 골짜기로 오르다 보면 약수터도 보인다. 몸에 종기나 부스럼이 났을 때 이 물로 씻으면 깨끗이 낫는다는 이야기가 전해져 내려온다.

얼마 전 시동생이 충주 변두리에 특별목회를 하기 위해 구입한 농장을 보러왔다. 천여 평이나 되는 꽤 큰 농장이 그리 낯설지 않은 풍경이다. 이 조용한 농가 마을에서 먼저 눈에 들어온 것은 먼지를 뒤집어쓴 나무로 만든 사과 상자와 녹이 벌겋게 슨 농약 통들이다. 이 농장 옛 주인은 부농이었던 모양이다. 시동생은 동네에서 조금 떨어진 곳이라 가격도 적당하고 사과나무와 복숭아나무가 있어 마음에 든다고 한다. 남편과 시동생을 따라 농장 꼭대기로 올라 갔다. 숲이 우거지고 흙조차 보이지 않을 만큼 칡넝쿨이 덮였다. 통통하게 늘어진 칡넝쿨을 보니 내 어릴 적 생각이 났다.

시골에서 자란 나는 칡에 대한 향수가 있다. 엄마를 따라 산에 올라 쭉쭉 뻗은 칡넝쿨을 골라 잘랐다. 올을 엮어 장에 내다 팔았던 것도 아마 이맘때쯤이 아닌가 싶다.

시동생은 충주 시내에서 십여 년 전부터 개척 교회 목사였다. 어느 날 기도 중에 특별목회를 해야 한다는 계시를 받았다고 한다. 나도 여름성경학교 중에 기도하다가 깜빡 잠이 들었다. 한 남자가 나타나 아이의 손가락을 내놓든지, 본인 손가락이라도 대신 달라고 협박했다. 울며불며 그에게 매달리며 아이를 제발 놔두라고 안간힘을 쓰고 있었다. 그런데 어디선가 나타난 여자가 "걱정 마라. 너는 내가 지켜줄 터이니." 하는 소리에 깜짝 놀라 눈을 떴다. 꿈이었다.

동서에게 꿈 이야기를 하니까 그 여자가 아마 자신일지도 모른다며 마침 그때 형님을 위한 기도 중이었다고, 형님 믿음이 약해서 그렇게 흉한 꿈을 꾼 것 같다고 했다. 그 후 시동생과 동서는 조금의 망설임도 없이 개척 교회를 복덕방에 내놓았다.

지금도 그 생각을 하면 충주 교회를 잘 팔았다는 생각이다. 이곳으로 이사해 특별목회를 하면 동서 가족이 고생은 되겠지만 이미 선택된 사람이 가야 할 길이 아니던가.

어제부터 공사가 시작되었다. 창고 바닥에 콘크리트 작업을 하고 칸막이 천장도 해야 한다. 텃밭도 일구고 할 일이 아주 많은데 벌써 걱정이 앞선다. 자신을 비우고 헌신하는 길이 그리 쉽지만은 않을 터. 시동생 내외는 지금 아무리 힘들고 어려워도 성도들이 없어 외롭고 힘들었던 지난 시간보다는 훨씬 낫다고 했다.

선택된 사람, 그들이 바로 시동생 내외라는 생각이 든다. 지금은 황량한 벌판에 바람만이 불고 있지만 십 년, 이십 년 후에는 약막골에 시동생 내외가 꿈꾸는 평화의 낙원이 펼쳐지리라 믿는다.

이웃사촌

멀리 떨어져 있는 친척보다 이웃사촌이 낫다는 말이 있다. 5년 전쯤 되었을까. 옆집으로 아기엄마가 이사를 왔다. 그후 매일 아침 집안일이 끝나면 약속이라도 한 것처럼 만나는 것이 일과였다. 우리는 집안에 어려운 일이 있을 때마다 털어놓고 상의하며 서로 의지했다.

그러던 어느 날 아기엄마가 청주로 이사하게 되었다는데 목소리에 힘이 없었다. 나도 스르르 맥이 빠졌다. 그동안 고운 정만 가득 깃들었나 보다. 하루 이틀, 이사할 날이 다가올수록 그녀가 떠나고 나면 나는 어떻게 살아갈지 불안하기까지 했다.

아는 이 하나 없는 이곳으로 이사를 왔을 때 그녀의 첫인상은 차가워 보였다. 별로 말도 없었다. 그런 그녀가 어느 날 음식을 만들었다며 가져왔다. 나는 답례로 차를 함께 마시자고 했다. 그녀는 선뜻 응했다. 옅은 미소를 지으며 말하는 그녀의 얼굴에는 사연이 가득 담겨 있는 것 같았다. 그럼에도 수더분한 그녀가 마음에 들었다. 그녀나 나나 엇비슷한 성격이었던지 어렵지 않게 친해졌다. 얼마간 지켜보니 깔끔한 성격에 음식 솜씨도 보통이 아니었다. 만날수록 느끼게 된 점은 뭔가 말 못 할 사연이 있는 것 같았다. 시원하게 속사정을 털어놓지 않았지만 나는 캐묻지 않았다.

그렇게 달이 가고 해가 바뀌면서 우리는 한 아파트 같은 동, 옆집 사는 이웃사촌이 되어갔다. 혈육은 아니지만, 친자매처럼 의지하게 되었다. 하루라도 보지 않으면 궁금한 사이가 되었다.

어느 날, 그녀 집에서 큰 소리가 났다. 무슨 일인가 싶어 달려갔다. 집이 아수라장이었다. 부부의 성격 차이려니 싶어 되돌아왔다. 그 후로도 큰소리는 그치질 않았다. 더 나아가 악을 쓰는 날이 심해졌다. 내가 더 불안했다. 저러다 뭔 일이 생기면 어쩌나 밤잠을 설칠 정도였다.

하루는 태어난 지 백일이 갓 지난 아기를 안고 와서는 잠시 일을 보고 오겠노라고 했다. 방긋방긋 웃는 아기랑 놀기도 하고 분유를 먹이고 나니 두어 시간이 지나갔다. 불안하기 시작했다. 뭔가 일이 벌어진 것은 아닌지, 가슴이 뛰기 시작했다. 그날 그녀는 연락도 없이 집에 들어오지 않았다.

이튿날 그녀가 돌아왔다. 눈이 퉁퉁 부었다. 긴 하루의 고통이 눈가에 몰려 있었다. 부부싸움이 극에 치달아 자식까지 놓고 가려 했을 만큼 마음이 무너졌던 것 같았다. 내가 해 줄 수 있는 건 자식을 위해 돌아온 모성을 꼭 안아주는 것밖에 없었다. 그 이후로 부부싸움은 줄어들었다.

얼마 후 그 집은 이사 갔다. 한동안 멍하니 있는 날이 많았다. 가슴이 허전했다. 그녀와 정이 든 만큼 잊히는 시간도 그만큼이어야 했던가 보다. 그런 내 마음부터 다잡아야 했다. 여물지 못한 내 성격에 문제가 있는 것이 분명하니 변해보자고 다짐했다.

될 수 있으면 승강기를 타지 않기로 했다. 7층인 우리 집까지 계단으로 걸어 올라갔다. 그사이 누구든 만나면 먼저 인사를 건넸다. 밭에 갔다 올 때면 푸성귀를 많이 뜯어왔다. 만나는 사람마다 내가 직접 농사지은 거라며 나눠주었다. 때때로 거부하거나 해 먹는 것이 부담스럽다며 귀찮아하는 이도 있지만, 대부분 너무 좋아했다.

그러던 어느 날, 연세가 칠십은 되어 보이는 할머니가 아까 보고 또 본다며 반갑게 인사를 했다. 걸어 다니니까 좋은 점도 있다며 환하게 웃으셨다. 할머니도 사람이 그리워 나오신 것 같았다. 엊그제는 계단을 천천히 오르고 있는데 어느 여인이 인사를 건네며 내려갔다. 하지만 어디서 언제 보았는지 영 생각이 나질 않아 멋쩍은 미소만 보냈다.

요즘 우리 아파트는 승강기를 교체 중이다. 높은 층에 살거나 노인들은 불편함이 클 것이다. 그래도 계단을 오르는 것이 꼭 힘들고 불편하지만은 않을 것이다. 서로 얼굴도 익히게 되고 몇 층에 살고 있는지 알게 되니 은근히 의지가 되지 않을까.

지난날을 돌아보면, 아파트에 살면서 이사를 간 이웃들이 많다. 자매같이 다정하게 지냈던 아기엄마도 이사를 가버렸다. 그때는 누가 어디에 사는지 관심도 두지 않았다. 먼저 다가가지 못하는 성격을 지녔다며 단정 지은 것이 오산이었다. 이웃사촌이란 함께였을 때 서로 의지를 하며 콩 한 쪽이라도 나눠 먹고 기댈 수 있도록 도와주는 것이 아닐까.

아파트 승강기 교체 공사가 끝났다. 새로 단장까지 했다. 천장이 높아져서인지 훨씬 넓어 보이고 오르내리는 속도도 빨라졌다. 그래도 큰 짐이 없는 한 계단으로 오른다. 이 여유로움, 오늘은 어느 층에서 어떤 이웃을 만날까 기대가 된다.

성이 엄마

탐스러운 대추가 마당 한가득이다. 텃밭 가장자리에는 상추가 자줏빛을 내고, 무와 배추는 진초록빛을 띠고 있다. 이 밭을 가꾼 이의 정성이 만들어 낸 풍요로움에 바라보는 내 마음도 넉넉해진다.

집안으로 들어서니 성이 엄마가 더덕이 담긴 빨간 통을 골방에서 가져왔다. 산 더덕인데 캘 줄을 몰라 다 끊기고 모양새가 엉망이라며 내 앞에 내놓는다. 이것을 주려고 엊그제부터 전화한 모양이다. 더덕이 작고 못생겨서 줄까 말까 한참 망설였다고 했다. 이렇게 남에게 나눈다는 것이 부모 형제들과도 쉽지 않을 터인데, 성이 엄마의 선한 그 속마음을 알 것만 같았다.

성이 엄마는 중국에서 온 지 8년쯤 되었다. 부지런하기로 소문난 그는 부모 형제를 떠나 서로 문화가 다른 한국 남자와 결혼했다. 처음에는 생활방식과 음식이 다르니 부딪치며 적응하느라 힘겹게 사는 것 같았다. 결혼하여 시어머니와 함께 살았다. 며느리가 만든 음식이 느끼하고 맵다며 타박하는 시어머니와 신경전을 부리기도 했다. 같은 민족도 맞추기 힘든데 다른 국적의 고부간은 오죽할까. 이런 소문을 들을 때면 안타까운 생각이 들곤 했다. 그렇게 사사건건 갈등하던 고부간이 시간이 갈수록 더 멀어졌다.

무엇이든 적극적인 그녀에게 동네 사람은 중국 댁은 거칠고 독하다며 상대해 주기 싫어했다. 고된 하루하루의 삶이었다. 그런데 처음부터 독한 사람이 어디 있겠는가. 고향을 떠나 낯선 나라에서 살다 어찌하든 살아내기 위해 그렇게 되었을지도 모른다. 선입견을 버리고 다가가 대화해보면 예의 바르고 정확한 사람임을 알 수 있다.

그의 남편은 술을 좋아해서 그런지 사람의 왕래가 끊일 줄 몰랐다. 저녁때가 되면 왁자지껄 소리를 내며 양은 밥상에 서너 명의 사람들이 둘러앉아 술잔을 기울기가 다반사였다. 요즘은 양은 밥상이 없지만 몇 년 전까지만 해도 이 집은 양은 밥상에 나무로 불을 지피는 그런 곳이었다. 지금은 집 개량이 많이 되어서 재래식 아궁이는 없어도 골방 안을 들여다보면 옛날 모습 그대로이다.

골방 안에는 그녀의 시어머니가 쓰던 낡은 농짝이 보였다. 옆에는 세탁기가 하얀 비닐로 싸인 채 놓여있다. 그 세탁기는 8년 전

성이 엄마가 결혼할 때 남편이 사준 것이다. 왜 그냥 놔두고 힘들게 손빨래하느냐고 물으니 성이 엄마는 집을 새로 지으면 그때 쓰겠다고 한다. 추운 겨울에 빨래해 놓으면 고드름이 생겨도 한사코 세탁기를 꺼내놓지 않는 이유는 무엇일까. 사용할 줄 몰라서도 아니고 편리하다는 것을 알지 못해서도 아닐 것이다. 그녀는 새로운 제2의 삶을 진짜 그녀의 상상한 대로 근사하게 시작하고 싶었던 것이 아닐까.

성이와 내 아이는 동갑내기이다. 아기가 백일이 되었을 때쯤 성이 엄마가 내게 노란 털실로 짠 조끼와 바지를 아기 선물이라며 주었다. 나는 지금도 바짓가랑이가 터진 그 모양새를 생각하면 웃음이 절로 나온다. 우리의 60년대 그 모습과 너무나도 흡사하기 때문이다. 이미 그 세월을 건너온 우리와 그들의 사는 모습은 엄청나게 차이가 난다. 그런 성이 엄마의 한국 생활이 얼마나 어려운지 실감이 난다.

나도 결혼할 때 상상의 나래를 펴며 꿈에 부풀었다. 신혼집도 아기자기하게 꾸며놓고 살뜰하게 사는 모습을 꿈꿨고 그렇게 살게 되기를 바랐다. 성이 엄마도 낯선 이국으로 시집을 오면서 모든 사람에게 인정받고 가정에서 사랑받는 상상의 나래를 폈을 것이다.

결혼 초의 숱한 어려움을 참고 견디면서 잘 살아낸 성이 엄마. 처음의 그 상상의 나래는 이제 건강한 한 그루 나무처럼 잘 성장해

이웃에게 정 많은 아줌마로 살고 있다. 성이 엄마의 보기 좋은 삶이 깊게 뿌리 내렸으면 하는 바람이다.

엄마의 외출

일찍부터 서두른다. 들깨를 다 털려면 아무래도 종일 밭에서 보내야 할 것 같다. 점심까지 준비해 바구니에 담고 엄마와 나도 화물차에 오른다.

남편이 속도를 낸다. 양쪽으로 펼쳐지는 황금 들판이 꼭 바둑판을 연상케 한다. 길가 은행나무와 느티나무가 가을 햇살에 눈이 부시다. 밭에는 잘 익은 콩이며 무와 배추 등의 푸성귀가 풍성하다. 결실을 앞둔 농부의 마음이 얼마나 흡족할지 알 것 같다.

읍내에서 조금 벗어나 작은 마을로 들어선다. 우리 밭은 안골마을을 가로질러 올라가야 한다. 가는 길에는 놀이터만 덩그러니 있을 뿐 아이들 모습은 보이지 않는다. 널찍한 밭에 다다르자 엄마는 이런 곳에서 흙을 만지면서 살고 싶다며 자리를 잡고 앉는다. 빈 옥수숫대 밭을 둘러보시는 엄마, 눈길이 쓸쓸하다.

십여 년 전까지만 해도 엄마는 시골 마을에서 농사를 많이 지으셨다. 논농사와 밭농사를 지었는데 그중에서도 메밀 농사를 제일 많이 지으셨다. 겨울에는 메밀묵을 만들어 자식들 간식으로 주기도 하고 이웃에 팔기도 했다.

엄마 나이가 예순 되던 해 따뜻한 봄날이었다. 저녁 무렵, 엄마는 교통사고를 당했다. 들일을 마치고 집 앞 건널목 앞에 서 있었는데 큰 오토바이가 엄마를 덮쳤다. 우리가 연락을 받고 허둥지둥 병원으로 향했다. 마음은 바쁜데 발이 내달려지지 않았다. 가는 내내 제발 큰 사고가 아니기를, 무사하기만을 하나님께 수없이 기도했다. 119에 실려 응급실로 간 엄마는 눈도 뜨지 못했다. 다리는 공중에 매달려 있었다. 앞이 캄캄했다.

그런 긴박한 외중에도 나는 엄마의 병간호가 걱정되었다. 엄마는 대수술을 받고 2년간 병원에 입원해 계시는 동안 걷지조차 못하셨다. 엄마의 병간호는 형제들이 돌아가며 해야만 했다.

문제는 퇴원 후였다. 오빠도 있고 언니도 있지만, 엄마는 우리 집이 제일 편한 곳이라 생각하는 것 같았다. 딸도 자식인데 방관할 수도 없는 일이었다. 우리 집으로 모시는 게 좋을 것 같았다. 다만 좁은 집으로 엄마를 모셔야 하는데 남편이 어떻게 받아들일지, 일이 손에 잡히지 않았다. 고맙게도 남편은 이런 내 마음을 알았는지 선뜻 엄마를 모셔 오자고 먼저 말해 주었다.

우리 집에 계시는 동안 다리가 굳는 것을 막기 위해 물리치료와 주물러 드리는 일을 게을리할 수 없었다. 일 년이 조금 지났을까. 집안에서지만 엄마가 겨우 목발을 짚고 걸으셨다. 걷기 연습을 거듭한 엄마, 바깥출입을 못 하셨는데 이제는 버스도 잘 오르내리신다. 그리고 오늘 마침내 여기 들깨밭까지 오신 것이다. 웬만해서는 외출을 안 하려고 하는데 농사일에 왕초보인 딸의 일도 도와주고 요령을 가르쳐 주려고 따라나서신 것이다.

엄마와 나는 남편이 날라다 주는 들깨를 탁탁 털기 시작했다. 보물 같은 깨가 와르르 소리를 내며 쏟아진다. 신기하다. 한참 동안 들깨 터는 재미에 폭 빠져있던 나는 엄마를 바라보았다. 골 깊은 얼굴에 땀이 송골송골 맺혀있다.

다시는 이런 외출은 못 하실 줄 알았던 엄마가 들깨 추수까지 거들어 주다니, 감사할 따름이다. 몇 년 후에는 이 밭에 복숭아를 심을 예정이다. 그때도 지금처럼 엄마가 내 옆에서 복숭아 수확하는 모습을 흐뭇한 시선으로 바라봐 주셨으면 좋겠다.

메뚜기

가을걷이가 끝난 빈 들녘은 마른 풀만 서걱거리며 바람을 탄다. 남편을 따라나설 때만 해도 황금물결의 들녘을 그려보았다. 그러나 수확이 끝난 논에는 누렇게 익은 벼가 보이지 않는다.

남편이 메뚜기 잡으러 나선 아들과 조카의 손에 플라스틱병 하나씩을 쥐여주었다. 몇 날을 벼르다 조카까지 데리고 들녘으로 나섰는데, 때가 지나서일까. 메뚜기가 한 마리도 보이지 않는다.

아무것도 모르는 아이들이 서로 병을 내 앞에 갖다 대며 메뚜기를 잡아달라고 아우성이다. 아이들 성화에 한참을 두리번거리니 쌓아놓은 볏짚에 메뚜기 한 마리가 간신히 기어오르는 것이 눈에 띄었다. 날씨가 서늘해서일까. 얼른 잡아 병 속에 넣었는데 병 속이 따뜻한지 움츠렸던 메뚜기가 이리 뛰고 저리 뛰는 것이 오히려 생기가 도는듯하다. 그 모습에 집에 가서 키우자며 두 아이가 신이

나 재잘거린다.

"메뚜기는 무얼 먹고 살까? 풀을 뜯어 병에 넣어 줄까. 이슬도 넣어 줄까?"

나는 혹여나 싶어 마른 풀 섶이 뭉쳐있는 곳을 가만히 헤쳐 보았다. 순간 우리는 깜짝 놀랐다. 신기하게도 메뚜기가 떼를 지어 옹기종기 모여 있는 것이 아닌가. 날씨가 서늘해져 따스한 풀 속으로 파고든 모양이다. 어쩌면 침입자의 눈을 피해 새 둥지를 튼 것일 텐데, 우리에게 딱 걸린 것이다. 얼른 잡아 두 아이의 병에 넣어 주니 메뚜기는 어느새 작은 병의 반을 차지했다. 이렇게 메뚜기를 잡아본 것이 얼마 만인가. 내 마음은 어느새 먼 기억 속으로 거슬러 올라간다.

내가 어린 시절에는 동무들이 한 되들이 빈 정종병을 들고 메뚜기를 잡으러 다녔다. 병이 없을 때는 강아지풀을 뽑아 메뚜기를 꿰어 허리춤에 매달고 다니기도 했다. 볏짚이나 마른풀로 불을 지펴 메뚜기를 구워 먹는 날에는 손가락이 숯검댕이가 되었다.

벼를 베기 전 해거름에 들녘으로 나가면 여기저기 메뚜기들이 톡톡 튀는 광경을 볼 수 있었다. 그뿐인가. 논둑길은 온통 콩을 심어 잎사귀를 들치면 쌍쌍이 붙어 있었다. 수렁논으로 들어가면 신발이 푹푹 빠져 힘이 들었지만 한 마리 한 마리 잡는 일은 어떤 놀이보다 재미있었다. 지금처럼 농약을 쓰지 않으니 메뚜기가 많았다.

남편이 아이의 병에 몇 마리를 더 잡아넣어 주었나 보다. 제 사촌 동생 앞에서 의기양양하다.

"작은엄마, 나도 많이 좀 잡아 주세요."

조카는 계속 투덜거린다. 보채는 아이를 보면서 볏짚을 뒤적이고 마른풀을 헤친다. 이렇게 동심으로 돌아가 메뚜기 잡는 삼매경에 빠지는 이 순간이 참으로 행복하다.

한동안 우리 농촌에는 메뚜기가 사라지고 없었다. 식량 증산을 위해 농약을 과다하게 뿌린 탓에 메뚜기가 살 수 없었고 생태계도 파괴되어 온 것이다. 그러나 근년에 들어 자연농법이 활성화되면서 농약의 과다 사용이 줄자 사라졌던 메뚜기가 돌아온 것이다. 내 아이가 좋은 환경에서 자랄 수 있다는 것, 공해 없는 세상에서 살 수 있다는 희망을 본다.

옛 기억을 불러내어 상념에 젖다 보니 남편이 빨리 오라고 경적을 울리는 것도 알지 못했다. 동심으로 돌아가 순수했던 옛 기억까지 잡아내고 싶었기 때문이다.

늦은 시간 집안으로 들어섰다. 아이는 몇 마리나 될까 하며 병을 뉘었다 일으키기를 반복한다. 메뚜기들이 살려달라는 듯이 버르적거리는 소리가 요란하다.

남편은 볶아먹자며 프라이팬을 꺼내왔다. 나는 살아서 움직이는 것을 어떻게 하느냐고 했더니 그럼 냉동실에 넣어두었다가 다음에

먹자고 한다. 그런데 갑자기 아이의 눈이 휘둥그레지며 불쌍하니 살려주자는 것이 아닌가. 우리는 잠시 바라만 보고 있었다. 조금 전에 한 말이 아이 앞에서 실수한 것 같아 미안해졌다. 아무리 먹는 것이라 해도 생명이 있는 메뚜기인데 순수한 어린아이 앞에서 못할 소리를 하고 말았다.

아이는 소리 없이 두 손을 모은다. 아마 메뚜기를 키우게 해 달라고 하는 중인가 보다.

이미 메뚜기는 냉동실로 들어갔는데 말이다.

덫

기사가 길가에 차를 세우고 저기 저 밭을 보라고 한다. 아무리 둘러보아도 사방이 캄캄할 뿐 아무것도 보이지 않는다. 무얼 보라는 걸까. 희미하게 보이는 고갯길 신작로에는 하얀 전봇대만이 보일 뿐 기척이 없다. 금방이라도 산짐승이 나올 것 같이 휘휘하다.

우리 가족은 몇 시간째 관광택시를 타고 여행하는 중이다. 강원도 정동진역에서 망상해수욕장을 거쳐 항구에 들러 저녁밥도 먹었다. 택시 기사는 바닷바람도 쐴 겸 구경하라고 심곡 고갯길로 가는 중이었다. 인적이 드문 곳이라 다른 차들은 보이지 않는다.

기사가 굳이 보라고 하는 밭은 지금은 호박밭이지만 작년에는 고추밭이었다고 한다. 전망이 좋고 풍광이 좋아 외지에서 오는 피서객들이 한 번쯤은 이곳을 들른다고 했다.

작년 이맘때 이곳으로 휴가 온 젊은 남녀가 민박집에서 잠을 자고 아침 일찍 산책을 나온 길이었다. 고추밭 근처를 지나게 되었는데 주렁주렁 열린 풋고추가 탐스러웠든지 먹음직스럽다며 여자가 먼저 고추밭에 들어갔다. 들어갈 때는 아무 일도 없었다. 그런데 밭에서 나오던 여자가 갑자기 소리를 지르며 쓰러졌다고 한다. 그러자 동행한 일행이 여자의 손을 잡아 일으키려다 함께 변을 당했다고 했다.

산짐승이 수시로 밭을 헤집고 가는 통에 골머리를 앓던 밭 임자가 근처 전봇대에서 전기를 끌어와 밭 가장자리에 빙 둘러 고압선을 매어 놓은 것이었다. 짐승을 잡으려다 사람을 잡은 꼴이 되었다며 후회했지만 때는 이미 늦은 뒤였다.

내가 어렸을 때는 또래 아이들이 서너 명씩 무리를 지어 남의 밭에 들어가서 참외며 사과 등 서리를 하는 일도 종종 있었다. 철모르는 아이들이 재미로 하는 짓이지만 주인 처지에서는 참외 넝쿨을 밟아놓고 설익는 참외까지 따놓으니 반갑지 않은 일이었다. 하지만 누구도 신고하지 않았다. 다 같이 자식 키우는 처지라 모르는 척 눈감아 주었고, 무엇보다 이웃 간의 정이 살아있어 그랬던 것 같다. 그 시절이 이제는 추억일 뿐이다. 요즘은 아무리 이웃이라 해도 내 것이 아닌 다른 밭에 들어간다는 것은 법에 저촉되는 행위로 송사가 생기니 농촌도 옛 농촌이 아니다.

우리는 차를 멈춘 채 한참 동안 그곳을 바라보았다. 여름 피서를 왔다가 졸지에 목숨을 잃은 선량한 젊은이들이 안타까웠다. 한편으로 주인 입장도 나무랄 수만은 없다는 생각이 들었다.

이곳에서 그런 불행한 일이 있을 즈음 우리도 산짐승과 전쟁을 치르고 있었다. 2년째 농사를 짓고 있는데 초보 농사꾼이라 남들보다 더 열심히 부지런을 떨었다. 옥수수와 콩을 심었는데 신기하게도 어린 콩잎이 자라기만 하면 산에서 내려온 멧돼지와 고라니가 먹어 치우는 것이었다. 어이가 없었다. 어떻게 이파리가 하나도 없단 말인가. 속은 부글부글 끓었지만, 어차피 순을 따줘야 곡식이 많이 달린다고 스스로 위로를 하곤 했다.

얼마쯤 지나서 밭으로 가보았다. 밭은 깜짝 놀랄 정도로 무슨 폭탄 맞은 것처럼 난장판이 되어 있었다. 밭고랑에 하얀 것이 널브러져 있었다. 땅콩을 심었는데 땅속에 있는 열매가 바깥으로 나온 것이다. 그뿐이 아니다. 고구마도 허옇게 속살이 보이고 이파리는 짓이겨져 있었다. 산돼지는 머리카락을 싫어한다고 했다. 그래서 우산을 밭에 펴 놓고 머리카락을 가져다 양파 자루에 넣어 걸어놓기도 했다. 어떤 날은 콩을 심어 놓고 하루 종일 밭에서 지내기도 했다. 사람이 지키고 있어도 겁내지 않고 산비둘기가 날아와 콩을 파먹고 쫓아버려도 날아가는 시늉만 할 뿐 다시 날아와 파먹었다.

봄부터 산짐승과 싸우며 많은 생각을 했다. 겨울철이면 먹이가 없어 산에서 내려오는 짐승들이 있지만, 먹이가 풍부한 여름철에 왜 밭으로 내려왔을까. 한 번쯤 생각해 볼 일이다. 산에 있는 나물이며 갖은 열매를 사람들이 채취해 가버려 먹이를 빼앗겼으니 그렇게 할 수밖에 없었을 것이다. 그러니 산짐승만 탓할 수도 없는 노릇이다.

애써지어 놓은 농산물은 해마다 농사철이 되면 농가에서는 산짐승들로 인해 의해 피해가 이만저만이 아니라고 한다. 그래서 아주 일부분이지만 어떤 지역에서는 보상 문제가 거론되기도 했었다.

이유야 어떻든 경고문을 붙이지 않은 촌로의 행동은 무지에서 비롯되었지만 아까운 목숨을 앗아간 엄청난 결과를 낳았다.

지금 우리가 살고 있는 지구도 우리 스스로 죽음의 덫을 놓고 있지는 않은지, 이상 기후나 자연재해가 모두 사람들의 부주의로 생기는 피해임을 보면서 덫에 대해 다시 한번 생각해 본다.

멀리 보이는 신작로 길로 피서를 왔다가 어처구니없게도 목숨을 잃은 그들의 모습이 보이는 듯 눈에 아른거린다.

정선 할머니

친정 언니가 입원했다. 2년 전 발목 골절로 핀을 박는 수술을 했었는데 이번엔 핀을 제거하는 수술을 위해 입원한 것이다.

언니가 수술하는 동안 책을 읽고 있으려니 옆 환자의 신음이 애잔하다. 얼마나 진통이 심하면 앓는 소리가 끊이질 않는다. 엄습하는 고통에 잠을 못 이루고 내는 신음만 들어도 아픔의 정도가 가늠된다. 어제저녁에도 열이 내렸다 오르기를 반복했다는데 한숨도 못 잔 할머니는 금방이라도 유명을 달리하실 것 같은 불길함이 엿보일 정도다. 고통을 덜어드리려 고향은 어디며 자식은 몇이나 됐는지 이런저런 것을 여쭤보았다.

할머니는 강원도가 고향이고 자식은 5남매란다. 할머니께 정선에서 오셨으니 노래 좀 불러보라고 졸랐다. 병실 환자들까지 합세해 힘찬 박수까지 보내니 힘이 없어서 어떻게 하느냐며 한참을 망설인다. 잠시 후 할머니는 언제 그랬냐는 듯 정선아리랑을 구성지게 부르기 시작했다.

"세파에 시달린 몸 만사에 뜻이 없어 홀연히 다 떨치고 청려를 의지하여… 아우라지 뱃사공아 배 좀 건너 주게 싸리골 올동박이 다 떨어진다…."

병실의 모든 이가 관객이 되어 박수 장단을 맞추었다. 병실에서 노랫소리가 들려서일까. 다른 병실의 환자와 간호하는 분 서너 명이 모여들었다. 할머니는 무대 체질인가 보다. 한 곡이 끝나자 이내 한 구절 더 부르겠단다. 할머니는 이십여 년 전에 전국노래자랑에서 최우수상을 받고 부상으로 텔레비전까지 받았다고 했다.

막 노래를 읊조리던 할머니가 갑자기 눈물을 훔치더니 미안하다면서 고개를 돌린다. 노래하는데 왜 눈물이 흐르는지 잘 모르겠다며 할머니 스스로 서글픔을 달랜다. 관객들은 모두 할머니의 심경을 읽은 듯하다. 지금까지의 삶이 얼마나 힘이 들었으면 저러실까.

77세의 할머니는 서른일곱 세에 혼자되셨다고 한다. 5남매의 어미로서 자식들 배 주릴까 허리띠 졸라매며 안 해본 일이 없었다. 남의 집 품팔이부터 시작하여 보따리 장사에 이르기까지, 돈이 되는 일이라면 무엇이든 가리지 않았다. 그 덕에 자식들 배를 채워주었고 공부도 가르쳤다.

병실은 할머니의 인간사를 듣느라 조용했다. 입이 마르는지 입술에 침을 바르며 이야기가 이어질 그때, 할머니의 큰아들이 왔다. 조금 전까지 기운이 없어 조곤조곤 나지막하게 말씀하던 할머니의 목청이 갑자기 우렁차다. 큰 소리로 '우리 큰아들'이라고 했다. 할머니는 언제 아팠나 싶을 만큼 아들을 바라보며 자랑하기 바쁘시다.

할머니와 대화를 나누던 그 아들이 갑자기 소리를 지른다. 간병인한테만 의지하지 말고 스스로 운동도 하고 식사도 잘하라며 된소리를 한다. "이것저것도 안 하면 엄마가 갈 곳은 딱 한군데 관속에 들어갈 수밖에 없다."라고 하는 게 아닌가. 같은 병실의 환자와 보호자들이 그의 말에 어이가 없어 별소릴 다 한다며 그를 나무랐다. 나도 '저 사람이 친아들이 맞나.'라는 의심이 들 만큼 지켜보는 처지에서 마음이 편치 않았다.

할머니의 아들은 왜 이렇게 독한 말을 했을까. 집으로 돌아오는 내내 머릿속에서 지워지지 않았다. 달리 아들의 처지에서 생각해 보았다. 일찍 홀로된 어르신들의 특징이 그저 자나 깨나 아들만 옆에 있어 주기를 바라는 경우가 많다. 애지중지 키운 아들에게 응석 부리고 늘 옆에 있어 주길 소원했을 것 같다. 부모가 자식 생각하는 마음 절반만 자식이 부모를 생각해도 효자라는 말이 있다. 자식은 나름대로 직장에 충실해야 하니 속으로 모친을 위한 말인지도 모르겠다. 늙은 엄마지만 얼른 정신 차려서 일어나라고 그리 독하게 말했을까. 무슨 연유인지 모르겠지만, 자식들을 위해 고단한 삶을 살았을 자신의 어머니를 불쌍히 여기고 정성으로 간병하고자 하는 마음이 있었다면 그렇게 말하지는 않았을 것만 같다.

나에게도 아들이 있다. 만약에 이 어미가 아파서 병원에 누워있다면 내 아들은 어떻게 행동을 할지 잠시 생각해 본다. 옛날 어머니 시대는 그래도 부모를 모셔야 한다는 책임감이 있었다. 그런데 요즘 시대는 아프면 무조건 요양병원으로 모시려 한다. 요양원으로 가는 것이 나쁜 것만은 아니지만, 최소한 부모와 자식 간의 의무는 지켜야 한다고 본다. 시대가 가면 갈수록 서구화 물결에 깊숙이 들어앉은 우리의 정서에서 의무를 다하는 자식이 얼마나 있을까.

아들이 돌아가고 나자 할머니는 말없이 벽만 바라보고 있다. 가족을 기다리는 게 분명하다. 며칠 후 들리는 풍문에 그 할머니는 아들이 요양원으로 모셨다는 소식을 들었다. 자랑이었던 아들은 할머니의 가슴 깊은 곳에 자리한 정선아리랑의 한을 알기나 한 것일까. 그 어머니는 왜 평생을 그런 자식들을 그토록 그리워했을까.

3

복숭아 사랑

둘이 매달렸지만
거센 태풍 앞에서는 소용없었다.
나무가 뿌리째 쓰러지기도 하고
여기저기서 '찍 찌지직' 하며
쪼개지는 요란한 소리가 났다.
살려 달라고 지르는 굉음 같아서
할 수 없이 못을 박아서 쓰러지는 것을 막았다.
나무가 태풍에 찢기듯 내 마음도 찢어지는 것 같았다.
바람에 쓰러지지 않으려고 온갖 신음을 내며
견디어준 나무라서 그런지
아픈 자식같이 애틋하고 마음이 쓰인다.
-본문 중에서

복숭아 사랑

이파리가 은빛 물결을 타고 있다. 노란 봉지에 싸인 복숭아가 여름 햇볕을 머금으며 탐스럽게 영글어가는 중이다. 흡족한 마음으로 밭으로 들어선다. 복숭아나무를 보고 있으면 흐뭇하다. 열매를 튼실하게 키우기 위해 애쓰는 모습이 느껴진다. 둔덕을 넘나들며 이랑을 걷노라면 말하지 않아도 서로 교감이 오간다.

부지런한 옆집 밭 아주머니는 언제 왔는지 한 말씀을 하신다.

"아니, 이 시간에 뭐할 게 있다고 왔어?"

사실 우리 부부는 눈만 뜨면 복숭아밭에 오고 싶어 안달이다. 복숭아 농사는 노란 옷을 입은 복숭아 열매를 만져보는 기쁨에 찾게 된다. 하루가 다르게 열매가 자란다. 복숭아 농사는 봉지 싸기가 끝내면 일이 확 줄어든다. 소독하고 열매를 솎아낸 후 봉지를 씌울 때까지는 밥 먹을 새도 없다.

다소 한산해진 요즘에는 꼭 해야 할 일이 없어도 나도 모르게 발
길이 밭으로 향한다. 복숭아가 잘 크고 있는지, 낙과가 되지는 않
았는지, 혹여 산에서 침입자가 다녀가지는 않았는지, 두루두루 궁
금해서다.

복숭아 농사를 지은 지도 어언 십여 년이다. 우리 부부는 남들처
럼 땅마지기를 갖는 게 소원이었다. 땅을 사기 위해 몇 년 동안 적
금을 들었다. 흔히 말하는 허리띠 졸라매기를 하고 알뜰살뜰 아끼
고 덜 썼다. 오랜 기간 모은 돈으로 드디어 땅을 마련했다.

몇 날 며칠 밤잠을 설쳤다. 눈을 뜨면 복숭아 농사를 짓는 이웃
을 찾아다니며 공부했다. 모두 무리해서 한꺼번에 심지 말라는 조
언을 아끼지 않았다. 이웃의 정보에 힘입어 우선 소일거리만큼만
심었다. 그런데 직접 농사를 지어보니 말처럼 쉬운 일이 아니었다.
몸의 근육도 일상에서와 농사지을 때 각기 다른 부위가 쓰이는 듯
했다. 몸살이 자주 났다. 그래도 나무가 쑥쑥 자라고 꽃이 피는 모
습에 기운이 났다. 한 해 한 해 복숭아나무가 늘어났다.

처음으로 첫 수확을 하던 날, 말랑말랑하고 수줍은 새색시 같은
복숭아를 만져보는데 신통했다. 우리가 직접 농사지은 복숭아를
수확하다니 꿈만 같았다. 맛을 보여주고 싶은 지인들을 떠올렸다.
곧바로 친인척 등 이웃에게 맛을 보라며 나누어 줬다. 고마운 이들
에게 맛을 보여주는 호사도 누렸다.

복숭아 농사를 짓다 보니 안타까운 일도 해내야 한다. 열매가 나뭇가지에 올망졸망 앙증스럽게 매달려 제법 과시하고 있을 시기가 되면, 못나거나 클 것 같지 않은 열매는 따내 버려야 한다. 나뭇가지를 잡고 오른쪽 엄지손가락으로 한 알씩 밀어서 옆으로 제치면 열매는 톡톡 땅으로 낙상한다. 땅바닥으로 떨어지는 소리를 들을 때면 속이 쓰리다. 제발 솎지 말아 달라고 애원하는 거 같아 몇 번이나 사다리에서 내려오곤 한다. 그렇게 복숭아 농사꾼의 대열에 들어섰다.

몇 해 만에 밭 주위로 땅도 좀 더 샀다. 그곳에 새로운 품종의 묘목을 심었다. 나무가 어리니 이랑 사이 잡풀이 무성했다. 놀리는 땅이 아까워 사이사이 콩도 심고 옥수수를 심었다. 콩을 심고 5일이 지나니 어린싹이 흙을 비집고 힘겹게 나왔다. 그 모습에 흠뻑 빠졌다. 얼마나 예쁘고 신비스러운지 모른다.

농사는 날씨가 우선이다. 해가 갈수록 기후변화로 고되다. 여름 날씨는 뜨거워지고 겨울은 길고 춥다. 지난 3월에는 따뜻한 봄인가 싶더니 갑자기 함박눈이 쏟아졌다. 복숭아나무에서 꽃망울이 터질 무렵이니 화사한 분홍 꽃이 힘없이 떨어졌다. 사람이 어찌해 볼 수 없는 이변이라 손 놓고 바라보아야만 했다. 옆집의 복숭아나무도 봄 날씨에 몇 그루가 냉해로 쪼그라들었다. 아픔을 겪으면서도 나름 매력도 많다.

복숭아나무도 하나하나 개성이 있다. 잘생긴 나무에서부터 못생겼지만, 과일을 튼튼하게 맺는 나무까지 우리네 신체와 닮았다. 지금도 유난히 마음이 더 쓰이는 나무가 있다.

밑동에 손가락만 한 대못이 박힌 나무가 있는데 볼 때마다 어쩔 수 없던 순간이 떠오른다. 작년에 수확을 한참 볼 때쯤 태풍이 나무를 뒤흔들었다. 이미 태풍이 온다는 것은 알았지만, 너무도 거센 태풍이고 보니 우리 부부는 다급한 마음에 나무에 매달렸다. 둘이 매달렸지만 거센 태풍 앞에서는 소용없었다. 나무가 뿌리째 쓰러지기도 하고 여기저기서 '찍 찌지직' 하며 쪼개지는 요란한 소리가 났다. 살려 달라고 지르는 굉음 같아서 할 수 없이 못을 박아서 쓰러지는 것을 막았다. 나무가 태풍에 찢기듯 내 마음도 찢어지는 것 같았다. 바람에 쓰러지지 않으려고 온갖 신음을 내며 견디어준 나무라서 그런지 아픈 자식같이 애틋하고 마음이 쓰인다.

어떤 이들은 하던 일이 잘 안되거나 뚜렷한 목표가 없을 때 농담처럼 '농사나 짓고 살지 뭐' 한다. 농사라는 것, 해보지 않았으니 쉽게 하는 말이다. 하루하루 온몸을 으깨는 듯한 고통을 감내하여야만 수확을 얻는 게 농사다. 얼마나 힘들고 어려운 일인지 직접 해보지 않고서는 함부로 말을 해서는 안 된다. 애정과 사랑이 없다면 절대 할 수 없는 게 농사다.

내 마음을 알아서일까. 더운 여름을 잘 견디며 자라 준 복숭아나무가 살랑살랑 가지를 흔들어 준다. 코스모스도 친구가 되어 활짝 웃어준다. 덩달아 나도 행복해진다.

이제 막 발그레한 복숭아는 나에게 속삭인다. 이제는 거센 태풍도 지루한 장맛비도 무사히 이겼으니 튼실한 열매만 기다리라고.

찔레꽃 향기

굴착기 일을 나가는 남편을 따라 아이를 데리고 나섰다. 시골 언덕길을 올라 마을에 접어드니 막바지 모내기가 한창이다. 한쪽에서는 논둑의 풀을 깎느라 여념이 없는데 나는 고향길을 걷는 기분이다. 빗물로 시멘트로 포장된 길이 흙탕물이 되었다. 모처럼 나온 가족 나들이여서일까. 발이 푹푹 빠졌지만 느낌이 싫지 않다.

남편은 아이를 굴착기에 태우고 일하고 있다. 그런 부자를 지켜보다가 무료해져서 숲속으로 올라갔다.

빗물을 흠뻑 적신 초목이 무성하고 온 산이 연초록으로 투명하게 빛나고 있었다. 멀리 보이는 꽃이 생소해서 가까이 가보니 작은 산소에 엉겅퀴꽃이 피어 있다. 푸른 숲 가운데 자주색 꽃이 눈길을 사로잡는다. 꺾어가고 싶은 충동을 일으켰지만, 그 꽃은 전체에 가시가 있어 꺾을 수가 없다. 예전에는 들에만 나가도 엉겅퀴꽃을 흔히 볼 수 있었는데 지금은 보기 드문 꽃이 되었다. 겉으론 아름다워 보이지만 나름의 생존 법칙으로 온몸을 가시로 에워싸고 있다. 우거진 숲을 바라보고 있는 내 마음을 아는지 간간이 뿌리던 비가 멈추었다.

저만치서 남편과 아이가 손짓한다. 굴착기에 타서 꼬불꼬불한 비탈길로 다니니 아이가 신이 났다. 아이가 제 아빠의 굴착기를 타는 날이면 소풍을 간다며 여간 좋아하는 게 아니다. 콧노래까지 부르는 아들이 세상에서 제일 행복한 웃음을 지었다.

어디선가 은은한 향이 느껴진다. 주위를 살펴보니 찔레꽃 향기다. 나무 밑동은 꽃이 많이 남아 있었고 위로는 통통한 줄기가 뻗어 바람결에 흔들리고 있다.

찔레꽃을 보고 있으려니 유년 시절이 생각났다. 그때는 먹을거리가 귀한 때라 산딸기도 따 먹고 찔레 순도 꺾어 먹곤 했다. 그 맛이 얼마나 좋았는지 모른다. 남편의 목소리가 굴착기 굉음과 섞여 울려온다.

이제 아이를 데려가라고 한다. 아이는 나를 보자 "엄마 풀 먹었어?" 한다. 나는 아이가 무슨 말을 하는지 얼른 알아듣지를 못했다. 방금 전 옛 추억에 젖어 찔레 순을 꺾어 먹는 걸 본 모양이다. 그 모습이 무척이나 맛있어 보였는지 호기심 많은 아이가 찔레 순을 달라고 한다. 맛을 본 아이가 놀란 듯 금방 뱉어버린다. 먹을 것이 흔한 요즘 아이들이 풀 향기가 나면서 달큰한 그 맛을 어떻게 알까. 간식거리가 없던 우리에겐 귀한 먹거리였는데 말이다.

나무가 우거진 숲 사이로 남편이 굴착기를 몰고 들어가는 것이 보였다. 윙윙 소리를 내며 큰 나무가 쓰러지고 칡넝쿨과 썩은 나무 토막을 걷어 올렸다. 그때마다 땅이 움푹 파이고 물고랑이 만들어 진다. 가파른 곳에서 한참 바윗돌과 씨름하더니 어지럽혀진 나뭇 가지들과 덩굴이 정리되고 길이 만들어진다. 기계가 하는 일이지 만 남들이 하기 어려운 일을 하는 남편이 언제나 힘이 넘쳐 보인 다.

남편의 아침은 일찍 시작된다. 아침 식사도 편안하게 하지 못하 고 서둘러 나가는 뒷모습을 볼 때면 안쓰러운 생각이 든다. 남편은 일복이 많은 사람인지 일이 늘 따라다녔다. 중장비 일은 일요일도 없다. 비가 많이 올 때나 잠시 쉬게 된다. 그런데 쉬는 날에도 남편 을 찾는 전화통에 불이 난다. 종일 하는 일이 아닌 시간제 일이라 도 해달라는 것이다. 나는 그때마다 쉬라고 말리지만 인정 많은 남 편은 다른 사람의 부탁을 거절하지 못한다. 동네의 사소한 부탁에 도 거절하지 못하는 건 남편의 타고난 천성인가보다.

남편이 힘든 노동에 비해 수입은 비례하지 않다는 것이 오늘따 라 절실히 마음에 닿는다.

밤늦게 귀가하는 남편의 몸은 온통 땀 냄새로 가득하다. 나는 남편의 땀 냄새가 싫지 않다. 가족을 위해 열심히 일한 남편의 노고를 값으로는 매길 수 없다. 그 어떤 향수보다 땀 냄새가 내겐 향기롭다.

숲속에서 퍼져오던 찔레꽃의 향기는 남편에게서 나는 향기와 많이 닮았다. 나는 오늘도 그 향기에 취해 산다.

그 옷에는 숫자가 있다

이웃과 산에 오르는 중이다. 모처럼 나선 길이라 그런지 발걸음이 무겁지만 겨울 햇살은 따스하다. 일행과 함께 이런저런 이야기를 하며 산 중턱을 오를 즈음 한 친구가 요즘 유행하는 옷 브랜드 이야기를 털어놓았다.

중학교에 다니는 아이의 성화에 못 이겨 고가의 매장으로 옷을 사러 갔다고 했다. 매장 안에는 많은 사람이 옷을 사기 위해 장사진을 이루고 있었다고 한다. 그런데 요즘 유행이라는 옷을 구경하면서 그저 겨울옷에 불과할 뿐 특이점은 발견하지 못했는데, 가격표를 들여다보고서야 기겁했다는 것이다. 점원에게 옷값이 고가인 이유를 물어보았더니 수입품이고 질이 좋아서라고 하더란다. 또한 옷에 색이 혼합되면 값이 비싸다는 설명과 더불어 더 신기한 것은 왼쪽 팔 자락 끝에 숫자가 있는데 600부터 900까지의 숫자가 붙어 있다는 이야기다. 그 숫자가 600 이하는 질이 낮은 것이라 그 옷을 입은 아이들은 '찌질이'로 통한다는 것이다. 그래서 아이들은 그 옷을 살 때 무엇보다 숫자를 확인한다고 했다.

몇 달 전 아들과 함께 충주에 옷을 사러 간 일이 생각났다. 아이는 옷 가게에 들어서자마자 옷의 디자인을 보는 게 아니고 연신 팔꿈치만 들여다보았다. 색깔이나 모양새를 보는 게 아닌 숫자만 살핀 이유가 여기에 있었다. 옷값에 무게를 둔 어미가 청소년들의 유행은 모르고 가격표만 들여다보았던 그 날, 고가의 매장에는 발 디딜 틈 없이 어른과 아이들이 혼잡스럽게 가게 안을 차지하고 있었다.

그때 이것저것을 만져보다 또 한 번 놀란 것은 가격이 천차만별이라는 것이었다. 웬만한 직장인의 한 달 치 월급과 견줄 만한 가격표를 매단 옷들이 청소년들을 유혹하고, 부모들은 매장을 돌고 돌아 결국은 카드를 내밀고 있었다. 아무리 좋은 기능성 소재라 해도 너무나 비싼 값에 놀라 입이 다물어지지 않는데, 내 마음을 아는지 모르는지 아이는 어떻게든 옷을 사달라고 졸랐다.

THE NOR×× ××××, 요즘 학생들이 즐겨 입는 옷을 만드는 회사 이름이다. 유행에 민감한 사춘기 아이들은 이 옷을 입지 않으면 왕따를 당할 정도라고 한다.

며칠 전 사람들이 많이 오가는 동서울역에 갔을 때였다. 눈앞에 보이는 사람들은 학생이나 어른이나 한결같이 같은 점퍼를 입었다.

　나를 중심으로 유명 제품을 입고 있는 이들을 불러 모아 합해 본다면 액수가 얼마만큼이 될까 궁금하기까지 했다. 며칠 전에 모 방송 아침 프로그램에서는 전국 학교마다 이 옷을 입는 학생이 과반수를 넘었다고 했다. 제2의 학교 교복이라 해도 과언이 아닐 정도라고 하니 그 옷을 만든 사장은 돈방석에 앉아 있지 않을까 싶다. 방송에서는 부모들이 더 문제라고도 지적했다. 그러나 남들 다 입는데 안 사줄 수도 없고 왕따까지 당할 수 있다는 말까지 들었으니 나 역시 고민이 이만저만이 아니다. 그렇다면 나보다 더 형편이 안 되는 아이들의 부모는 어떻게 할까.

　아무리 유행을 타는 세상의 흐름이라 해도 진지하게 생각해 보았으면 싶다. 가격에 거품이 낀 것은 아닌지. 숫자는 그저 그 옷이 구김이 심할 때 얼마나 빨리 복구할 수 있는지를 새겨 놓았을 뿐인데, 어떤 이유로 영문도 모르고 숫자에 매달리게 되었는지 생산자는 이유를 밝혔으면 한다.

　그래서 요즘에는 고가 옷 브랜드만 갈취하는 청소년도 있다고 하는데, 내 아이에게 그 옷을 그냥 입히는 것 또한 걱정거리이다. 옷에만 숫자를 붙이지 말고 우리네 마음을 읽어 사람마다 팔꿈치에도 숫자를 매겨 붙여 주었으면 하는 엉뚱한 생각도 해본다.

섬김의 집

이른 봄바람을 맞으며 '섬김의 집' 입구로 들어선다. 손님을 반기는 건 견공들이다. 털이 흰 개는 새끼를 낳았는지 강아지들과 함께 야단법석이다. 이곳은 시동생 내외가 특별목회를 하는 곳으로 동네에서 조금 떨어져 있고 여러 식구가 살고 있다.

마당에는 낡은 파라솔이 펼쳐져 있다. 절름발이 의자에 노인 한 분이 바람을 쐬며 나를 보자 옅은 미소를 건네신다. 그분에게 인사를 하고 현관으로 들어서려는데 문이 반쯤 열려있다. 고개 먼저 들이밀었다. 모퉁이에는 수레가 놓여있고 양쪽으로는 병원 침대 두 개가 있다. 문을 활짝 열고 안으로 들어서자 주방 옆에 세 분의 할머니가 계신다. 한 분은 앉아 계시고 두 분은 이부자리에 누워 계신다. 앞에는 각종 약봉지와 혈압기가 놓여있다.

시동생이 이곳에 이사 온 지도 3년이 되었다. 두 내외는 십여 년을 충주 시내에서 목회를 했었다. 그때만 해도 이곳은 허허벌판에 사과나무가 듬성듬성 있을 뿐 숲이 무성했다. 어렵사리 교회를 세우고 집을 짓느라 고생이 많았다.

나는 시간이 될 때마다 수시로 찾는다.

특별목회란 연로하고 외로운 어른들을 돌보는 일이다. 사람들이 서로 의지하며 살아가는 곳이기도 하다. 자식이 있어도 홀로 사는 노인들과 장애로 거동이 어려운 사람들이 마지막을 보내는 곳이기에 특별이라는 이름이 붙는 게 아닐까 싶다.

또 다른 방문을 열고 둘러본다. 누워있던 할머니가 반색하며 왜 이제 왔느냐며 내 손을 꼭 잡고 놓질 않으신다. 당신의 딸처럼 생각되나 보다. 팔순이 넘은 이분은 2남 3녀를 두었는데 자식들이 다 잘 산다고 했다. 큰딸은 부산에서 횟집을 하고 작은딸은 내 나이와 같단다. 평생 장사로 자식 뒷바라지했다는데 더는 속사정 이야기를 하지 않으신다. 자식을 먼저 생각하는 어머니, 평소에도 예의가 반듯하시다.

이곳에 오게 된 노인들은 몸이 아파서 온 분도 있지만, 대부분은 외롭고 사람이 그리워서 오신 분이다. 일어서려는데 어느새 할머니 눈가에는 눈물이 고인다. 순간 나도 코끝이 시큰해진다.

다른 곳으로 이동하려는데 시동생이 할머니 한 분을 부축하며 욕실로 들어간다. 아프다며 한참 난리를 친다. 소변이 옷에 묻어

씻겨 주려는데 그리도 소란이다. 이분들은 시동생 내외 손길이 없으면 아무것도 할 수 없다. 그 와중에도 시동생은 어르고 달래며 씻기느라 이마가 땀으로 축축해진다. 할머니는 외려 왜 이렇게 힘들게 하느냐며 고함을 치신다. 그래도 시동생은 언짢은 기색은커녕 웃음을 잃지 않는다. 그 모습을 바라보는 것만으로도 나는 기운이 빠진다. 시동생은 수건으로 할머니 얼굴까지 닦아주며, 따뜻한 밥을 해서 드리는데 입맛이 없다며 거를 때면 속상하다고 한다. 한 가족으로 지내다가 세상을 떠나면 좀 더 신경을 쓰지 못한 자신을 원망한다는 말에 내가 더 미안해진다.

"언제 또 올 수 있어? 또 올 거지?"

할머니는 아기처럼 연신 보채면서도 잘 가라고 배웅해주신다. 이곳에 계신 할머니들이나 시동생 가족의 삶은 평범하지 않다. 부모도 나 몰라라 하는 자식이 많은 요즘 아닌가. 자신을 버리고 봉사하는 길을 간다는 것은 보통 사람은 엄두도 못 낼 일이다.

나는 덩치에 비해 남을 먼저 생각하는 손이 작다. 그래도 가끔 찾아와 이야기를 들어주는 것으로 마음을 채워 갈 생각이다.

시어머니의 외출

언제나 어머님은 한 통의 전화로 하루를 시작하신다. 사소한 일이라도 어김없이 내게 전화해 의논하신다. 오늘이 할아버지 기일이니 그리 알라고 말씀하시고 전화를 끊으셨다.

읍내에서 조금 떨어져 있긴 해도 사방 산으로 둘러싸인 아늑하고 작은 마을에 터를 잡은 시댁은 별장 같은 그런 곳이다. 넓은 마당에는 꽃나무가 종류별로 있고 과일나무도 여러 그루 있다. 시어머니는 나들이조차 할 수 없고 바람을 쐬러 갈 수도 없다. 자동차를 타지 못해 평생을 울안에서만 사셨다. 어쩌다 한두 번 차를 타보았지만 심한 멀미로 몸살까지 앓으셨다. 그 후로는 집안의 큰 행사에도 가지 못하고 답답한 생활을 하신다.

자식들이 가까이 살아도 우리가 가지 않으면 만날 수 없으니 매일 전화를 붙들고 안부를 묻는 것이 생활이 된 것 같다. 칠순이 되었어도 아직까지 집안일을 도맡아 하고, 매일 아침 일찍 농사일하는 모습은 이제 힘겨워 보인다.

올가을에 막내 시동생의 결혼식이 있었다. 시부모님의 하나 남은 막내아들로 남다른 정을 쏟으셨는지 아쉬움이 많으셨는가 보다. 불혹을 넘긴 연세에 아들을 낳았으니 그 감회가 새로웠을 것이다. 결혼식을 보름쯤 남겨두고 고민하는 눈치가 역력했다.

막내아들의 결혼식은 꼭 참석하고 싶으신 어머님은 "걸어서 갈까?" 하시다가 "다녀와서 며칠을 앓아눕더라도 차를 타야 여러 식구 고생을 덜어주겠지?"라며 내게 물으셨다.

고민하던 어머님은 그날 큰아들 트럭을 타고 결혼식에 참석하셨다. 다행히 큰아들의 트럭은 괜찮으셨는지 아무 탈 없이 지나갔다.

지금도 어머님의 차에 대한 공포증을 생각하면 이상하다는 생각이 든다. 자동차도 사람을 위한 문명인데 이용하지 못하는 것이 몹시 안타까운 일이다. 몇 년 전까지만 해도 예전 여인들이 그러하듯 어머님은 삼사십 리 길을 걸어서 읍내 장을 보러 다녔다. 지금도 그 길로 들어서면 장 보따리를 머리에 이고 타박타박 걸으셨을 어머님의 모습이 떠오른다.

작년 가을이었다. 평생을 약도 모른 채 사신 분이 머리가 아프고 눈이 침침하다고 하셨다. 병원에서 백내장이라는 진단을 받고 수술하셨다. 앞으로 살다 보면 또 자동차를 이용해야 할 일이 생길

경우 나는 어머님을 어떻게 도와드려야 할까. 자동차를 못 타는 것도 안타까운데 시력까지 안 좋아지셨으니…. 진정으로 이 며느리가 어머님의 밝은 빛이 되었으면 한다.

내가 남편과의 인연을 천생연분으로 생각하듯 우리 고부간의 인연 역시 행복한 열매로 주렁주렁 맺히기를 소망해 본다.

행복이

손님이 무언가를 내밀며 얼마냐고 묻는다. 얼핏 보아도 맛있는 간식거리이다. 칸칸으로 된 장식장에는 올망졸망 옷가지며 과자봉지가 즐비하다. 그 옆으로는 크고 작은 귀여운 가방이 있는데 이것은 다름 아닌 애완견 집이다.

오늘 하루 아래 동서네 사료 가게를 봐주는 중이다. 무엇이 그리 많은지 가지 수가 몇십 종은 되지 싶다. 개 전용으로 나온 껌, 심심할 때 갖고 놀 수 있는 장난감, 쫀득쫀득 쫀드기, 맛나게 보이는 육포, 그리고 이를 튼튼하게 하는 기구, 피부를 건강하게 지켜주는 보습제 등등 각양각색의 물건이 많다.

동서는 강아지 두 마리를 가게에서 기르고 있다. 눈이 크고 털이 부드러운 시추 종이다. 그중 한 마리의 이름이 '행복'이라고 한다. 이름을 듣고 보니 이름대로 행복한 모습이다. 지나가는 사람을 보고 가게 손님인지 먼저 알고 짖어대는 행복이는 영리한 강아지다. 예전에 개는 그저 빈 집을 지키거나 사람들이 먹다 남은 음식을 치워주는 동물에 불과했다. 그런데 요즘 개는 친자식처럼 대하는 사람이 많다.

지척에 있는 시누이 집에도 십년지기로 지내는 이름이 '똘똘이'라는 애완견 시추이종 개 한 마리가 있다. 처음 데려왔을 때 시누이 부부는 발로 툭툭 치며 자신들의 근처에도 오지 못 하게 하고 언성을 높이는 일이 다반사였다. 시간이 지나면서 똘똘이와 시누이 부부는 정이 들어갔다. 어디 외출이라도 할라치면 똘똘이가 먼저 나선다. 시누이 남편은 자식이라도 되는 양 똘똘이를 자동차 조수석에 태운다. 귀를 쫑긋 세우고 앞발은 차창 문에 올리고 바람을 즐기는 듯 코를 벌렁이는 모습은 마치 자신이 사람이라도 되는 양 느끼는 것 같다.

시누이도 들일을 할 때나 외출할 때도 꼭 데리고 다닌다. 몇 년 전 일이다. 시누이댁에 들러 볼 일을 마치고 버스 터미널에 나왔을 때였다. 사람들의 시선이 한곳에 몰려 있어 뒤돌아보는 순간 놀라지 않을 수가 없었다. 시누이가 조끼를 벗어 똘똘이를 업고 배웅을 하고 있었다. 꼭 아기를 업은 모습이었다. 멀찌감치 서 있는 나에게로 다가와서는 똘똘이에게 "외숙모 간다. 잘 가세요, 해야지?" 하고 말하는 게 아닌가. 졸지에 내가 개의 외숙모가 되었다. 시누이는 남의 속을 아는지 모르는지 웃고 서 있었다. 그 생각을 하면 지금도 웃음이 나온다.

예순을 바라보는 시누이는 남매를 두었다. 지금은 모두 출가시키고 남동생으로부터 강아지를 분양받아 키우고 있다. 둘이 살 때는 웃을 일도 다툴 일도 없이 무료한 생활이었다. 하지만 똘똘이가 집에 오고 나서부터는 자신들을 반겨주는 누군가가 있다는 생각에 빨리 들어오게 된다고 한다. 자식이 있다 한들 이렇게 반갑게 부모를 맞아주지는 못할 것이다. 오죽하면 못된 자식은 강아지보다 못하다는 말도 있지 않은가.

요즘은 자식 대신 강아지를 키우는 사람이 많다고 한다. 그래서 애완견을 반려동물이라고 한다. 어떻게 보면 사람에게 느끼는 정보다 동물에게 느끼는 정이 더 애틋하고 클지 모른다. 적어도 동물은 주인을 배반하지 않기 때문일 것이다.

거리를 다니다 보면 버려진 것인지 아니면 주인을 잃은 것인지 혼자 헤매는 강아지가 눈에 많이 띈다. 예뻐서, 혹은 아이가 장난감을 고르듯이 졸라 사준 강아지가 나중에는 귀찮아지고 돈이 많이 든다는 이유로 버려지는 경우가 많다고 한다. 동물은 장난감이 아니다. 우리와 똑같이 소중한 생명을 지닌 존재이다. 부디 사람들이 순간의 재미로 동물을 대하지 말았으면 좋겠다.

'행복이'가 또다시 짖어댄다. 가게로 들어오는 손님에게 자기 존재를 알리려는지 꼬리를 마구 흔들어댄다. 행복이는 집안에서 내가 움직이는 대로 눈길을 주며 마음을 보낸다.

　나는 오늘 하루 행복이와 주고받은 교감으로 사람이건 동물이건 생명은 참 아름다운 것이라는 소중한 경험을 했다. 행복이가 사는 세상이 언제까지나 행복하기를.

꽃놀이

차창 밖으로 사월의 꽃이 한창이다. 영산홍, 조팝꽃, 개나리, 연
초록의 잎들까지 어우러져 내 마음을 유혹한다. 이맘때는 직업상
더 바쁜 남편이어서 꽃 구경을 가고 싶어도 쉽게 떠날 수 없다. 그
래서 그 흔한 벚꽃 구경조차 가지 못했다. 그런데 남편 고향의 종
친회에서 부부 모임으로 꽃놀이를 하겠다는 연락이 왔다. 우리 부
부는 얼씨구나 그 여행에 합류하기로 했다.

우리 부부는 그동안 보지 못했던 꽃을 실컷 보고 오자고 이야기
했다. 관광버스에 오르니 많은 사람이 환영의 박수를 보낸다. 뒷자
리에 한 자리 차지하고 있는 음식까지 여행의 즐거움을 더해준다.
이른 아침 공기는 제법 차가웠지만, 기분은 상쾌하다. 분홍 모자에
분홍 잠바를 입고 가방에는 카메라도 잊지 않고 챙겼다.

"저기 꽃 좀 봐. 정말 예쁘다!"

나도 모르게 튀어나온 감탄사에 일행 중 누구도 관심이 없다. 자기들끼리 얘기를 주고받을 뿐 대답은커녕 무표정이다. 알고 보니 이번 여행은 행선지도 정하지 않았다. 어디로 가야 재미있고 좋은 추억이 될까, 몇몇 일행들은 한참을 웅성거린다. 어떻게 행선지도 정하지 않고 여행을 준비할 수 있는 걸까. 실망스러웠다.

청년회장이 "농사일에 묻혀 지냈으니까 오늘 하루는 마음껏 즐기세요."라고 하더니 돌아가며 자기소개를 하라면서 서로 인사를 나누게 했다. 이어서 버스 안이 시끌시끌하다. 빠른 음악에 맞춰 사람들은 몸을 흔들기 시작했다. 나도 손뼉을 치며 흥얼흥얼 노래를 따라 부른다.

시간이 얼마만큼 지났을까. 어디냐고 하는 내 물음에 옆에 앉은 일행이 서해대교라 한다. 바다인지 강인지 바깥 풍경은 구경할 생각도 하지 않는다. 남편 역시 사람들 기분을 맞추기 위해 소주를 따른다. 안주는 날 보고 먹여 주라는 눈치다. 몸치에 눈치까지 없는 나는 아침에 생각했던 꽃구경이 아니어서 괜히 따라와서 이 고생을 하는구나 싶어 억울하다는 생각까지 들었다.

마침 그때 내 마음을 읽기라도 한 듯 남편이 일어서서 마이크를 잡고 흥겨운 메들리 노래를 부르기 시작했다. 어깨를 들썩이며 뽑아내는 노랫소리와 풀어놓는 몸짓까지 가수 뺨쳤다.

'어머머! 저이 좀 봐, 저이가 내 남편 맞아?'

지금까지 남편에게서 이런 끼를 본 적이 없다. 차 안의 사람들은 흥에 겨워 몸을 들썩였다. 나도 절로 흥이 났다. 그래서일까. 못하는 술을 주는 대로 다 마셨는데 오늘은 나도 술이 달기만 했다.

버스가 멈춰진 곳은 꽃도 나무도 없는 허허벌판이었다. 작은 텃밭에 한쪽으로는 넓은 바다가 보인다. 술을 많이 마신 탓에 화장실이 급한 사람이 있는 모양이다. 반대쪽에 야외용 화장실이 드문드문 있다. 하지만 남정네들은 화장실이 아닌 벌판에다 실례한다. 여인들도 아랑곳하지 않고 막무가내로 텃밭 여기저기에 앉는다.

점심을 먹기 위해 버스는 식당 근처에 멈췄다. 일행은 조금 전 차 안에서의 열기가 식지 않았는지 '당신을 나는 몰랐네'를 발을 구르며 큰소리로 노래를 부른다. 박자를 맞추면 흥이 옆쪽으로 옮겨지는지 맞은편의 다른 일행들이 보답이라도 하듯 '당신을 나는 알았네'를 노래로 대꾸해 준다.

오늘 일행을 태운 차가 정차한 것은 점심시간과 벌판에서 용변을 보던 때뿐이었다. 몇 년을 이 시간을 기다렸다는 듯 사람들은 버스 안에서만 춤추고 노래하며 즐길 뿐이다. 꽃도, 바다도, 산도 그들에게는 관심의 대상이 아니었다.

그래, 그까짓 꽃구경 좀 못하면 어떠랴. 분홍색 모자를 쓰고 꽃나무 옆에서 찍은 사진이 없으면 또 어떠랴. 고달픈 농사일로 지친 심신을 달래줄 수 있다면 족하리라. 또한 지금 이 시간이 앞으로의 힘든 노동을 헤쳐나갈 수 있게 만들어준다면, 그래서 지금의 이 향유(享有)가 온전히 우리 모두의 마음에서 에너지로 충전되어 준다면 더 바랄 것이 없다.

어디 산에 들에 핀 꽃만 꽃이겠는가. 꽃 중에 아름다운 꽃은 사람 꽃이라는 말도 있는 것을.

오르막길

한 시간이나 일찍 대기실로 들어왔다. 의자에는 어느새 많은 사람이 앉아 있다. 나이가 지긋해 보이는 아저씨들이 벽에 걸린 도로 표지 그림을 보며 말을 주고받는다. 무엇이 불안한지 엉거주춤 의자에 걸터앉은 이도 있다. 오십 대로 보이는 여인은 기어변속은 어디서 하고 오르막은 어떻게 오르느냐며 묻고 또 묻는다. 긴장되는 탓일 거다.

드디어 코스 시험이 시작되었다.

"○○님, 몇 호 차에 오르세요."

통제실에서 확성기 소리가 들린다. 응시자가 안전띠를 매면 부르릉 소리와 함께 차가 출발한다. 1단 기어를 넣고 출발하면 건널목을 지나 바로 오르막 코스가 있다. 정지선에서 정지한 후 왼쪽 클러치를 서서히 떼어 덜덜 소리가 나면 동시에 오른쪽에 있는 가속 페달을 가볍게 밟으면 넘을 수가 있다는데 쉽지 않다. 까다로운 오르막을 무사히 넘어가면 사람들은 자신의 일인 양 손뼉을 쳐준다. 여기 응시자 모두가 한 가족이 된 기분이다. 운전을 잘하는 사람들에게는 이 시험이 별것 아닐 것이다. 그러나 운전 수험자는 반드시 올라야 넘어야 할 언덕이다. 쉽지 않은 게 어디 운전뿐인가. 우리가 살아가는 것도 마찬가지인 것 같다.

오르막을 위해 열심히 살던 때가 있었다.

오 년여 전이다. 내게는 마음 한구석에 드러낼 수 없는 그늘진 그 무엇이 자리 잡고 있었다. 사십 평생을 살면서 가슴속에 늘 바람이 불고 허전한 소망을 품고 살았다. 그러던 어느 날 이웃으로부터 창작교실을 알게 되었다. 창작교실의 스승님은 수필을 통해 참된 삶을 가르치는 분이다. 상처가 있는 사람일수록 삶을 더 감동적으로 가꿀 수 있으며 좋은 글을 쓸 수 있다고 하셨다. 그럼에도 나는 스승님의 말씀처럼 좋은 글을 쓰지 못했다.

그래서 시작한 것이 검정고시 공부였다. 그런데 공부는 때가 있는 것 같다. 십 대 때는 뇌가 스펀지처럼 흡입력이 강해 공부하면 바로바로 받아들일 수 있다. 그러나 나이가 들면 서서히 굳어진 뇌로 하는 공부는 쉽지 않다. 외우고 또 외워도 책을 덮으면 공부한 것이 다 어디로 날아갔는지 머릿속은 하얗다. 나이가 들면 지식을 저장하는 기능이 휘발성으로 바뀌어서 그렇다고 한다. 의욕을 잃고 기운이 쭉 빠져있다가도 어느 순간 마음이 조급해지면 다시 책을 펴고는 했다. 쉽게 꿈을 포기할 수 없었다.

음성에서 청주학원에 가려면 한 시간 걸린다. 학원으로 가던 어느 날이었다. 증평쯤에서 배가 살살 아프기 시작했다. 별로 특별한 음식을 먹은 것도 아닌데 배탈이 난 것이다. 청주까지는 반 시간을 더 가야 한다. 속이 뒤틀려서 참을 수가 없었다. 정신이 아득해졌다. 청주터미널에 도착하자마자 속에 있던 것들이 모두 쏟아져 나왔다. 구토를 열 번도 더한 것 같다. 시간개념도 공간개념도 없이 길가에서 어찌할 바를 모르는데 한 아주머니가 책가방을 나에게 주었다. 너무 아파서 가방의 존재를 까맣게 잊었는데 그제야 내가 학원에 오다가 탈이 난 것을 알았다.

터미널에서 보이는 한방병원에 가서 응급처치를 받고 집에 돌아오니 어스름 땅거미가 지고 있었다. 그런 일을 겪으면서도 꾸준히 학원에 다닌 끝에 드디어 세 번 만에 대입검정고시에 합격했다.

나는 여기서 멈추고 싶지 않다. 내년이면 대학에 들어가 문학 공부를 더 할 생각이다. 이제껏 해 왔던 공부보다 더 힘들지도 모른다. 하지만 두렵지 않다. 몇 번의 오르막을 지나왔기 때문이다. 누군가가 내 글을 읽고 깊이 감동하는 독자가 있다면 더 바랄 것이 없겠다.

코스시험장이다. 이번 응시자는 이 코스시험장에서 여섯 번이나 탈락했다고 한다. 그런데 이번에도 떨기만 하다가 시간이 초과하고 말았다. 시험 볼 때마다 오르막이 문제라며 오르막을 통과한 이들이 부럽다고 했다.

우리의 삶도 어쩌면 이와 같지 않을까. 오르막이 있으면 내리막도 있고 울퉁불퉁한 길도 있을 것이다. 도저히 오르지 못할 것 같은 오르막을 만나더라도 포기하지 않으려고 한다. 잘 참고 견디며 오르다 보면 내리막길도 있으리라는 확신이 있어서다. 내가 걸어갈 삶의 길에서도 매사 내리막길이 기다리고 있지는 않을 것이다. 하지만 오르막길을 만나더라도 큰 탈 없이 넘었으면 하는 바람이다.

한 대, 두 대, 차들이 종료 선을 향해 들어오고 있다. 사람들은 차보다 합격인지 탈락인지 응시자의 표정을 먼저 본다.

이제 내 차례이다.

바람 부는 날

　꽃샘추위가 매섭다. 바람까지 공격적인 이런 날, 복숭아나무에 좋은 천연 살충제를 직접 만들어보기로 했다. 바람은 구름까지 날려버릴 듯 세찬데 저만치 마당 끝에서 언니가 불을 때느라 애를 먹고 있다. 연기는 바람에게 머리채를 움켜잡힌 듯 이리저리 끌려다니기 바쁘다.

　처음으로 시도해 보는 언니의 포부가 남다르다. 화덕의 큰 가마솥 안에는 은행이 가득 들어있다. 은행을 진하게 달여 천연 살충제를 얻으려고 정성을 기울이건만 바람이 실험을 가로막는다. 화덕 밖 사방으로 불길이 내뿜는 상황에서 장작불 때기가 이만저만 힘든 게 아니다. 결국 눈물만 잔뜩 흘리다가 바람이 잦아들면 다시 시작하자며 집 안으로 들어간다.

　언니는 잠시 쉬는 시간에 컴퓨터를 켠다. 많은 양을 끓이기 위해 작업이 쉬운 대형 전기솥을 찾아야겠다는 것이다. 그러면서 이 과정에서 제일 중요한 것은 물이라는 말을 연신 한다. 언니는 궁금해하고 찾아보며 시행하는 근성이 있다. 머릿속에 늘 '왜 그럴까?'라는 질문을 던지고 기어이 답을 찾아낸다.

며칠 전 언니와 나는 대전에서 열린 '자연을 닮은 사람들'이라는 주제로 친환경 교육을 받고 왔다. 교육장에는 전국에서 많은 사람이 참석했다. 강사와 강의자 모두 한 마음이 된 듯 시종일관 진지하게 참여했다.

강의를 시작한 지 얼마쯤 지났을까. 내 옆에 앉아 있던 언니가 갑자기 손을 번쩍 들었다. 평소 성격이 또 발동한 것이다. 언니의 질문을 받은 강사가 잠시 말이 없더니 "강의 도중이니 말미에 시간을 주겠다."라며 그때 질문을 하라고 했다. 언니는 알았다고 할 뿐 다시 묻고 또 묻는다. 옆에 앉은 내가 민망해 조용히 하라고 하니 시간이 지나면 질문을 잊어버린다는 것이다. 궁금한 것을 알아야 나에게도 가르쳐 주지 않겠냐고 한다.

언니를 보고 있노라면 나 자신이 부끄럽다. 나도 같은 작목을 키우는 농부로서 똑같이 친환경 교육을 받으러 왔는데, 언니는 궁금한 게 많아서 질문을 해대면서 노트에 빽빽하게 메모까지 한다. 나는 도통 무엇을 알아야 질문도 하지, 아는 것이 없으니 입을 꾹 다물고 있을 수밖에 없었다.

나의 지난 8년여를 돌아보니 무작정 복숭아 농사를 지었던 듯하다. 아무 지식도 없이 그저 어깨너머로 배운 것이 전부인데, 그나마 좋은 이웃의 도움으로 지금까지 헛농사는 짓지 않았으니 행운이다.

복숭아 농사에서 제일 어려운 게 소독이다. 보름에 한 번은 해야하는 건 기본이며 장마철에는 열흘에 한 번 뿌려야 한다. 소독할 때는 뿌옇게 퍼져나가는 농약, 아무리 무장해도 그 농약을 흡입할 수밖에 없다. 바람이 부는 날에는 소독약이 나무로만 가는 게 아니라 사람도 뒤집어쓰게 된다. 소독하고 난 남편이 콜록콜록 기침할 때면 건강을 해친 게 아닌지 더럭 겁이 난다. 우리는 될 수 있는 한 적게 소독하고 복숭아나무 아래 풀들은 예초기로 제거하는 데 소비자 건강을 위해 살충제를 적게 사용하려고 노력한다. 수확하기 이십여 일 전부터는 소독하지 않는다. 그래도 살충제를 사용할 때면 마음이 편하지는 않다.

그래서 친환경 복숭아 농사에 관심 두고 있다가 언니와 교육을 받으러 온 것이다. 강의가 알아듣기 쉬워서 천연 농법이 생각만큼 어렵지 않은 것 같았다. "식물의 마음은 내 마음과 같다."라는 강사의 말이 가슴에 와 박혔는데 내가 적극적으로 진심을 다해 보여주면 식물도 진심을 다해 열매를 맺는다는 뜻으로 들렸다. 나무와 농사꾼 사이에도 이심전심이 통한다는 뜻일 거다.

바람이 잦아들자 우리는 작은 병에 물을 붓고 '자닮 오일'을 섞어서 물을 테스트하기 시작했다. 갑자기 언니가 뜬금없이 농사에는 비싼 영양제보다 미네랄이 풍부한 바닷물이 좋다며 바닷물을 뜨러 가자고 했다.

"언제가 좋을까? 낼 모래가 좋을까?"라면서 날짜를 잡자는 언니의 머릿속에는 벌써 올 농사의 계획이 다 그려져 있나 보다. 액비통은 또 몇 개를 구입해야 될까를 구상하는 언니는 마음이 바쁜지 아무것도 모르는 나에게 묻고 또 묻는다. 어느새 털모자에 장갑, 마스크까지 챙겨 쓰고 다시 밖으로 나갔다. 우물가에서 숭늉 찾는다더니 언니가 딱 그 짝으로 보였다.

은행을 다 달인 언니가 한약처럼 푹 곤 뜨거운 물을 페트병에 담고 있다. 진공 상태로 잘 담아야 보관이 가능하다며 나한테도 담아 보라고 한다. 먼저 물을 가득 담고 뚜껑을 닫은 후 병을 아래위로 뒤집어서 공간을 완벽하게 채운다. 그리고 병을 바로 세운 뒤 다시 뚜껑을 열어 몸통을 잡고 살짝 눌러 물이 넘치려는 순간 잠그면 성공이다. 한 병, 두 병, 세 병을 담다 보니 노란 플라스틱 사과 박스에 가득 찼다.

허리를 펴고 바라본 하늘에는 화덕에서 올라온 하얀 연기가 바람을 따라 퍼지고 있다. 이제 머지않아 언니의 농장에는 자연농법에 관심 있는 열정의 농부들이 몰려들 것이다. 바람의 손짓에 하늘을 가득 채운 연기만큼이나 매콤한 냄새가 그것을 알려주고 있다.
그 속에는 내 모습도 있으리라.

엄마가 살아가는 방법

고구마를 캐다 보니 어느새 어둠이 내렸다.

"장모님이 인천에 계시니 그쪽으로 한 상자 보내야겠다."라는 남편과 집으로 향했다. 어둑한 시간에 아파트에 도착했는데 입구에 들어서다가 깜짝 놀랐다. 인천에 계실 엄마가 눈앞에 딱 서 계셨다. 너무도 갑작스러워 마치 꿈만 같았다. 엄마는 지금 여기 계실 분이 아니다. 거동이 불편한 엄마가 인천에서 음성까지 어떻게 오셨을까.

한 달 전쯤, 가을바람이 살랑살랑이던 늦은 저녁 무렵 언니에게서 전화가 왔다.

"애, 지금 엄마가…."

언니는 말을 잇지 못하고 한참을 울먹이더니 '갑자기 가슴과 배가 너무 아프다.'라며 엄마가 전화했다고 한다. 너무 놀란 언니가 곧바로 내게 전화를 건 것이지만 언니와 달리 나는 담담했다. 엄마가 또 당신의 상태를 과장해서 언니를 놀라게 한 것이 분명했기 때문이다. 언니는 택시를 타고 엄마에게로 가고, 나는 남편 차를 타고 원주 엄마네로 갔다.

아니나 다를까. 헐레벌떡 달려간 우리를 본 엄마는 아픈 내색 없이 손주를 보고 반색했다. 평상시 그랬듯 보고 싶은 자식들을 만나기 위한 엄마의 방식이 또 발동한 것이었다.

얼마 후 엄마를 혼자 둘 수 없어 우리 집으로 모시고 왔다. 이삼일 지났을 때 또 갑자기 가슴과 배가 많이 아프다고 해서 119 응급차를 타고 응급실로 달려갔다. 그런데 병원에 가서는 어디가 아픈 건지 정확하게 말을 못 하고는 자식들이 당신 마음을 헤아려주지 않는다고 눈물까지 보이셨다.

그다음 날이 마침 토요일이어서 아들들이 다 모였다. 조금 전까지만 해도 일어나지도 못했던 엄마는 아들을 보자 얼굴이 환해지셨다. 만면에 미소를 띠며 '난 괜찮으니 어둡기 전에 얼른들 가라.'고 했다. 편찮은 분이 또박또박 말을 어쩜 그리도 잘하시는지. 아들이 보고 싶어 온갖 수를 다 써 가면서까지 자식들을 모이게 하신 것이다. 그 기이한 행동을 한 엄마의 마음을 아들들은 알까.

병실 밖으로 나왔다. 남편이 복도 의자에 멍하니 허공을 바라보며 앉아 있었다. 아프다는 장모에게 꾀병 부리시지 말라는 말도 못

하고 번번이 병원으로 달려오는 사람, 한두 번도 아니고 내가 남편 볼 면목이 없다. 그런 엄마 이야기를 지인한테 했더니 어느 노인 이야기를 해 주었다.

자나 깨나 큰 베개를 끌어안는 노인이 계셨다. 노심초사 자식들 손 탈까, 하물며 귀여운 손주들도 그 베개는 손도 못 대게 하고 외출할 때도 늘 가지고 다녔다고 한다. 어느 날 노인의 아들이 베개에 대하여 궁금해서 물었다. 노인은 가족을 모아놓고 이 베개 안에는 나를 지켜줄 것이 들어있는데 지금은 절대 안 되고 나중에 나 죽으면 그때 열어보라고 선포했다.

그런 후 노인은 자식들에게 더 후한 대접을 받으면서 어느 하나 모자람 없이 잘 살다가 몇 년 후 병환으로 돌아가셔서 장례를 치렀다. 온 가족이 둘러앉아 베개를 꺼내왔다. 가족은 궁금해하며 꼼꼼히 실로 꿰맨 베개를 한 겹 한 겹 벗겨내는 순간 놀라지 않을 수가 없었다. 그 안에서 나온 것은 다름 아닌 구겨진 신문지 뭉치였을 뿐, 값나갈 물건은 보이지 않았기 때문이다.

생각해 보면 그 노인이 현명했던 것 같다. 아마도 그분 나름의 살아가는 방법이 아니었을까 싶다. 우리 엄마 역시 살아가는 방식을 찾아낸 것으로 본다. 엄마가 살아가는 방법이 마음에 들지 않지만, 그래도 어쩌겠는가. 내 엄마인 것을.

4

오월 초록 한가운데서

따스한 햇볕을 등에 지고 동생과 나는 둑에 앉았다.
봄바람도 우리 옆에 머물러 있다.
맥주로 목을 적신다.
알코올 기운이 온몸으로 퍼지는지 이내 취기가 돈다.
어질어질 맥주에 취하고 나물에 취하고 바람에 취한다.
나물이고 뭐고 둑에 앉아 강물을 바라본다.
넓은 강 초록빛 물살이 잔잔하다.
행복감이 밀려든다.
여기는 이렇게 평온한데 전 세계는 지금 비상 상태다.
모든 것이 다 멈췄다. 코로나19 확산으로
세계 각국은 자국 우선주의 정책을 펴고 있다.
－본문 중에서

검둥이

  과수원 맨 꼭대기 밭에 심은 고구마 잎이 무성하다. 111년 만에 온 무더위가 무색할 만큼 고구마 고랑 옆에 심은 콩 이파리까지 웃자라고 있다. 이렇듯 힘차게 올라오는 모습에 밥을 안 먹어도 배가 부르다. 미소가 절로 퍼진다.

  예년 같으면 날짐승과 들짐승에게서 농작물을 지키기 위해 전쟁을 치를 시기인데 대풍이 엿보이니 영문을 모르겠다. 주위를 살펴보지만, 짐승 발자국조차 찾아볼 수 없다. 검둥이만이 꼬리를 뒤흔들며 졸졸 따를 뿐이다. 의아해하며 검둥이를 불러 쓰다듬어 주다가 아하! 문지기의 존재를 깨닫고 무릎을 친다.

  콩을 심어 놓고 나면 맨 먼저 기웃대는 도둑이 산비둘기다. 아기 탯줄처럼 콩잎이 콩대가리를 매달고 삐져나오기 시작하면, 이놈들은 어디에 숨어있다가 나타나는지 떼거리로 날아든다. 날짐승은 여간 민첩한 게 아니다. 찌그러진 냄비를 두드리면 그때뿐, 사람이 저만치에 있다는 걸 먼저 알고 싹쓸이를 하려 든다. 콩대가리가 콩잎으로 자라고, 콩대가 제법 올라올 때까지 지켜내면 이번에는 고라니가 뛰어들어 콩대까지 먹어 치운다. 어찌어찌해서 고라니의 푸진 먹성을 비껴서 자라난 것들에 콩꼬투리가 조롱조롱 열리면 최고의 강적 멧돼지가 콩밭을 노린다. 멧돼지가 쳐들어오면 밭을 아예 초토화해 버린다. 밭고랑에 주저앉아 하늘을 보며 삿대질을 해 본들 빼앗긴 자의 울분이 허공에 맴돌 뿐이다.

곡물을 지켜내려 허수아비를 세워 보지만 허사다. 풍선 인형도 소용없다. 지팡이에 긴 헝겊을 묶어놓거나, 길고 반짝이는 줄을 매 놓아도 다 소용없는 일이었다. 멧돼지의 침입을 막기에는 역부족이다.

그렇다고 밭을 놀릴 수도 없고 곡식을 안 먹을 수도 없으니 농사꾼은 또다시 고구마도 심고 콩도 심었다. 올해도 작년처럼 도둑맞을 각오로 과수원 위쪽으로 밭을 일구었다. 그리고는 그쪽 밭 근처는 아예 발길을 하지 않았다. 무엇보다 올 같은 무더위에 절반은 타 죽었거나 짐승의 밥이 되었으려니 싶어 거들떠보지도 않았다. 단지 과수원부터 밭고랑 사이사이를 제 운동장인 양 활보하는 검둥이만이 오르내렸을 뿐이다.

오랜만에 콩밭으로 올라갔다. 매년 짐승의 먹이가 되듯 올해도 그랬겠지 별 기대도 하지 않았다.

그런데 저만치 콩밭이 보일 때 예상과 달리 파란 이파리들이 나풀거리지 않은가. 바로 위쪽 산에서 잡목이 번져 자라난 나뭇잎이거니 했다. 가까이 올라갈수록 얼기설기 뻗어나가는 고구마 넝쿨이 보였다. 잎이 내 손바닥만 하다. 그 옆의 콩잎도 웃자라 줄을 서 있는 모습이 갓 입대한 청년의 모습처럼 늠름했다. 신기하여 고랑으로 들어서려는 순간 숨죽이고 있던 산비둘기가 화들짝 놀라 날아가 버린다. 검둥이가 컹컹 짖어대며 쏜살같이 달려가 비둘기를 쫓는다.

아, 바로 너였구나. 우리 검둥이가 파수꾼 노릇을 톡톡히 한 것이다. 검둥이는 우리 집 누렁이가 낳은 칠 개월 된 새끼 강아지다.

작년 추운 겨울에 누렁이가 모두 여덟 마리 새끼를 낳았다. 그중 막내로 태어난 검둥이는 다른 형제들보다 유달리 자그마했다. 형제들 틈바구니에서 잘 자랄 수 있을까 싶을 만큼 조막만 했다. 달 반쯤 지나 다른 강아지는 입양 보냈고, 볼품없는 검둥이는 우리가 키우기로 했다.

누렁이 한 마리만 밥을 챙겨 주다가 두 마리를 챙기려니 그도 일이 컸다. 그런데 이 녀석은 '지 귀염, 지가 받아야 한다.'는 걸 아는지 애교가 보통이 아니다. 남편 발소리나 화물차 소리가 나면 꼬리는 살랑살랑댄다. 머리는 땅바닥에 콕 처박고 엉덩이를 하늘로 쳐들며 아양을 떤다. 하는 짓마다 귀여우니 남편이 밥을 더 잘 챙겨 주고 머리도 쓰다듬어 준다.

평화로운 우리 과수원 풍경과는 달리 바깥은 점점 더 무서운 세상이 되어간다. 어린것에게 폭행을 일삼는 일부 어린이집의 교사, 서슴없이 부모를 해치는 자식 등, 사람이 어떻게 이럴 수 있을까 싶을 정도의 심한 일이 다반사로 일어난다. '개만도 못한 사람'이라는 말이 있는데 검둥이를 보면 정말 사람보다 낫다는 생각이 든다.

무더운 이 여름, 검둥이 덕에 우리 과수원이 푸르르다. 검둥이를 데리고 계곡으로 향한다. 물놀이를 즐길 참이다. 앞서가는 검둥이 꼬리가 유난히 반질반질 힘이 넘친다.

남편의 가을

굴착기 일도 하면서 농사를 짓는 남편은 늘 바쁘다. 굴착기 일도 벅찰 텐데 천성이 성실한 남편은 농사도 잘해 내고 있다. 남편의 정성으로 이 가을 우리 밭은 땅속도 농작물도 풍성하고, 땅 위도 곡식들로 그득하다.

올해는 남편이 들깨를 유난히 많이 심었다. 풍작이어서 기대보다 많은 수확을 했다. 들기름을 넉넉히 둘러 좋아하는 파전도 자주 부쳐주고, 김치 볶음도 해줘야겠다.

재작년부터 농사를 시작한 이 밭은 우리 땅이 아니다. 굴착기 일을 해준 밭 주인이 품값 대신 묵정밭을 빌려주겠다는 제안을 했다. 그런데 그 밭은 우리 집에서 멀리 떨어져 있어 그게 늘 문제였다. 나는 운전을 못 하는 데다가 워낙 후미진 곳에 밭이 있어 남편이 데려다주지 않으면 갈 수가 없다.

잡곡 농사는 처음이어서 암담했고 농사일을 하리라곤 꿈에도 생각해 본 적이 없어 고민이 많았다. 땅을 놀리자니 굴착기 수고비를 받지 못한 것이 속상하고, 무엇을 심으려니 걱정되었다. 몇 날 며칠 동안 미련을 떨치지 못했다.

우선 들깨 모종부터 심어보기로 했다. 생각보다 처음 심은 들깨치고는 잘 자라주었다. 잎이 나풀나풀할 무렵부터는 깻잎의 모양새를 갖췄다. 바라만 봐도 고것들이 귀엽고 신통했다.

이렇게 시작한 농사는 꽤 여러 가지 작물을 심었다. 몸에 좋다는 서리태, 고구마, 땅콩, 메주콩, 처음으로 심어보는 참깨까지…. 봄에 씨를 뿌리고 여름에 땀 흘렸더니 그해 가을 거둬들일 풍성한 알곡으로 전문 농사꾼이라도 된 양 뿌듯했다.

우리가 그 묵정밭에 한창 재미 붙이던 즈음이었다. 어느 날 새벽 서너 시경에 집 전화가 울렸다. 놀라서 황급히 받아 보니 밭 주인이었다. 밭 가장자리까지 놀리지 말고 부지런히 움직여서 알뜰하게 심어 가꾸라는 게 아닌가. 그 말을 곤히 자는 이 시간에 전화했단 말인가. 전화를 끊고 나서도 밭주인의 새벽 전화에 어이가 없었다. 밭을 맡겼으면 그만이지 이래라저래라한다면서 속으로 투덜거렸다. 우리는 나름대로 묵정밭을 가꾸느라 애를 썼지만, 전문 농사꾼인 밭 주인은 우리의 서툰 농사일이 답답했던 모양이다.

이 묵정밭은 몇 해 동안 손길이 닿지 않아 잡초가 무성한 버려진

땅과도 같았다. 남편이 굴착기로 물꼬를 내고 둑을 만들어 다듬어 준 걸 내가 호미로 긁고 또 긁어 개간하다시피 한 밭이다. 십여 일을 풀 뽑고 이랑을 타느라 밭에서 살았다. 거기에 들깨 모종을 심고부터 호수를 끌어 물을 주었다.

가뭄에 배배 꼬이며 타들어 가는 모종을 살리려 많은 시간을 보내야 했다. 가뭄에 착 까부라져 있는 들깨에 물을 주고 나면 꼿꼿하게 일어서는 모습에 허리 아픈 것도 잊었다. 남편은 그렇게 일군 땅에 내 땅만큼이나 애정이 생긴 걸까. 밭 주인이 새벽 전화도 하지 않지만, 이제 그 밭에는 빈자리 없이 무엇이든 심는다.

남편은 올해 밭둑에도 들깨 모를 심었다. 어디 밭둑뿐인가. 오밀조밀 구석진 빈 땅마다 죄다 심고 또 심는다. 인제 그만 좀 심고 되는대로 먹자는 내 말에는 마이동풍이다. 속 터지는 내 쪽에서 도대체 왜 이리 들깨만 심어 대느냐고 하니, 들깨는 까다롭지도 않고 쑥쑥 자라는 모습이 신통하여 가꾸는 일이 힘들지 않단다. 잡풀이 많으면 이웃 농부가 '밭 주인이 게을러서 헛농사 짓는다.'라고 할까 봐 그러는 것이라고 했다. 남편은 복숭아 농사뿐만 아니라 전 품종의 농업 박사과정을 밟고 있는 것만 같다.

작물은 주인 발소리를 들으며 자란다고 한다. 농작물에게 관심과 사랑을 쏟으면 농부의 본심을 알아 보답한다는 뜻일 게다. 어느 과수원에 가보면 잔잔한 음악을 들려주는 곳도 있다. 어디 작물뿐이겠는가. 사람과 동식물을 비롯한 모든 생명은 사랑과 관심으로 더 건강해지는 것일 게다.

우리 밭은 내 발소리보다 농업 박사과정을 밟고 있는 남편의 발걸음 소리를 더 좋아하는 것 같다. 참깨, 고구마, 땅콩 등 참으로 실한 곡식들이 남편만 기다린다. 굴착기 일하는 틈틈이 곡식들을 수확해야 하는 남편의 가을은 유난히 바쁘다.

산과 들이 벌이는 저 화려한 단풍 잔치 느긋하게 즐길 틈 없이.

축복받은 땅

튀르키예 여행 6일째다.

도시는 한산하다. 카파도키아 일정을 마치고 일행은 앙카라 한 복판에 있는 호텔로 이동했다. 호텔이라고는 하나 우리의 연립주 택이나 작은 아파트 규모로 작다.

창문을 열고 거리를 내려다본다. 시간은 초저녁인데도 어쩌다 한두 사람 지나갈 뿐 이상하리만치 조용하다. 아이들 모습도 보이 질 않는다. 내일 일정을 위해 잠을 자 둬야 할 것 같아 눈을 감는 다. 일행은 벌써 잠이 들었는지 조용하다. 한국 시각보다 여섯 시 간 늦은 탓인지 좀체 잠을 못 자고 뒤척이는데 어디에선가 아스라 이 정겨운 소리가 들려온다. 가만히 귀 기울이니 우리의 추운 겨울 밤 '메밀묵이나 찹쌀떡 사려'하는 메아리다. 먼 나라에서의 서먹함 은 고향의 향수가 되어 골목을 내다보게 하고 설친 잠까지 보상을 받는 것 같다. 하지만 어쩐 일인지 시간이 흐를수록 음성은 점점 쓸쓸하고 처량하게 들려온다.

이튿날 아침 여행길에 오르면서 간밤 이야기를 현지 안내인에게 했더니 그 소리는 이곳 사람들의 기도 소리라고 했다. 튀르키예 사람들은 기도가 생활이며 문화이고 삶의 모든 것이라고 한다. 잠깐이나마 그 음성으로 향수에 젖었지만, 기도 소리라는 안내자의 설명에 튀르키예의 문화가 단단하다는 것을 알게 되었다.

관광버스로 이동하며 창밖을 바라본다. 하얗게 펼쳐진 목화밭과 드넓은 평야가 끝없이 이어진다.

튀르키예는 축복받은 땅이라며 안내자가 이야기를 이어간다. 이곳 남자들은, 봄에 씨를 뿌릴 때와 가을에 곡물을 거둬들일 때만 일을 한다. 그 나머지 일들은 전부 여자들 몫이다. 그러고 보면 튀르키예 남정네들은 할 일이라고는 먹는 일이 전부인 것 같다.

거대한 평야에 듬성듬성 나무가 보인다. 이곳 사람들은 나무 한 그루도 마음대로 베지 않는다. 물론 환경이 식물을 잘 자라지 못하는 요인도 있겠지만, 이곳 사람들은 제각기 서 있는 나무에도 삶의 이유가 있다고 생각하고 존중한다는 것이다.

널따란 평야를 얼마쯤 지났을까. 안내자가 오른쪽을 내다보라고 한다. 초록색의 나무는 올리브나무라고 했다. 세상에 태어나 저렇게 많은 올리브 나무를 보다니, 온 들판이 올리브나무 천지였다.

이곳에서는 집집이 몇 그루씩의 올리브 나무가 있다. 올리브는 심고 나서 5년이 지나야 수확을 보는데 부모가 한번 심어 놓으면 자손 대대로 물려받는다. 열매를 따면 가족의 의식주가 해결되고 무엇보다 자녀의 교육에 보탬이 되기에 큰 걱정 없이 평생 살 수가 있다고 한다.

튀르키예는 먹거리도 풍부하다. 음식은 영양이 풍부하고 푸짐한 것이 기본이다. 기후가 좋아 채소와 과일이 풍성하고, 땅이 넓어 생산량도 부족하지 않으며, 흑해와 지중해에 둘러싸여 있어 해산물 또한 넘친다. 여행을 떠나기 전에 음식이 입에 맞지 않으면 어쩌나 걱정했는데 기우였다.

우리 일행은 여행 가방을 쌀 때 바리바리 먹거리를 준비했다. 구운 김에서부터 고추장, 햇반 등등. 그것도 모자라 기내에서 제공하는 김치마저 챙겨왔다. 여행하는 목적 중 하나가 현지의 관습이나 문화를 경험하러 가는 것이며 그 나라의 음식도 맛봐야 하는 것을, 우리 생각이 짧았다.

나는 튀르키예의 음식 중에서 밀 음식이 제일 맛이 있었다. 직접 가꿔 수확한 밀가루로 빵을 만들어서인지 아무리 빵을 먹어도 속이 불편하거나 쓰리지 않았다. 방부제가 전혀 들어가지 않고 자연 그대로의 곡물로 구우니 위장이 약한 나로서는 다행이다. 한국으로 갈 때 다른 것은 몰라도 선물로 빵을 꼭 사 가고 싶을 만큼 욕심이 났다. 무엇보다 수입에 의존하는 우리의 밀가루와 비교가 되어 부러웠다. 우리는 밀을 먹는 것이 아니라 방부제가 들어간 밀가루가 식탁에 올려진다고 보아야 한다. 또 튀르키예에서만 맛볼 수 있는 '케밥'은 빼놓을 수 없는 음식이었다. '케밥'은 원래 오스만 제국의 궁중요리로부터 유래한 것이라고 한다. 구운 고기를 샐러드와 함께 먹는 음식이다. 우리 일행의 입맛에 잘 맞아 다들 맛있게 먹었다.

튀르키예의 사람들은 기도가 생활화되어 있어 하루에 다섯 번 기도 한다고 한다. 기도하는 시간이 많다 보니 남자들은 제대로 된 일을 할 수가 없다는 안내자의 설명이다. 이 나라 사람들에게 '알라'는 생활이고 문화이며 삶의 모든 것이라고 한다.

그래서일까. 알라가 이들에게 축복의 땅을 주신 것 같다.

아득하게 멀어지는 튀르키예를 뒤로하고 우리를 태운 비행기는 구름 속으로 들어가고 있다. 꿈인 듯 현실인 듯 일주일의 여행에서 구름 속을 떠다니다 온 것처럼 형제의 나라 튀르키예라는 문화가 머릿속에 머물고 있다.

같은 곳을 바라보며

　마을을 지나 양쪽으로 논을 거느린 농로 끄트머리에 차를 세웠다. 눈 두는 곳마다 황금색의 벼가 일렁이고 있는 이곳에 서면 야트막한 산이 병풍처럼 둘러쳐진 넓은 콩밭과 복숭아밭이 보인다. 복숭아 과수원 바로 아래 더 노랗게 보이는 논이 바로 우리 땅이다. 산을 올려다본다. 온통 푸른색을 띠고 있는 소나무와 빨간 단풍나무는 누렇게 익은 벼와 어우러져 한 폭의 가을 풍경화이다.

　포클레인 일을 하는 남편은 아침 일찍 서둘러 집을 나선다. 아침밥은 거의 먹지 못하고 미숫가루를 탄 우유 한 잔 마시곤 한다. 남편을 위해 내가 해 줄 수 있는 건 아침밥에 국 끓여 한 숟가락이라도 밥을 뜨게 하는 일뿐이다.

　얼마 전, 남편은 이곳에 땅을 구입했다. 지금은 논으로 되어 있지만 포클레인으로 밭을 일구어 복숭아나무를 심을 요량이다. 직업의식인지 아니면 자기 것에 대한 애착인지 우리 땅을 바라보는 남편의 눈이 예사롭지 않다.

"물은 구멍 뚫린 배수관을 묻어 받아 내야지. 일찍 수확하는 천중도는 맨 앞에 심고 다음은 맛이 좋은 백도를, 그다음은 늦은 여름부터 초가을까지 수확하는 엘바트 품종을 심자. 자투리 공간에는 컨테이너를 가져다 놓고 여기서 라면도 끓여 먹고…."

사뭇 들떠 있는 남편이 상기된 표정으로 앞으로의 계획을 말한다. 오십이 가까운 나이에 내 땅을 가졌으니 어찌 기쁘지 않겠는가.

이십여 년 넘게 남편은 포클레인 사업을 하고 있다. 지금은 워낙 기름값이 비싸 수입이 별로 없지만, 그때만 해도 한 달 꼬박 일을 나가면 꽤 많았다.

칠 남매 중 넷째인 남편은 가정 형편상 중장비 일로 벌어오는 돈을 동생들 학비와 부모님 생활비로 내놓았다. 효성 깊은 남편은 그 빠듯한 생활 속에서도 알뜰하게 저축하여 부모님이 어깨를 펴고 사시라고 고향에 다섯 마지기의 논을 사 드렸다. 그러다 보니 정작 자신의 땅을 갖고 싶은 꿈을 접고 살아온 세월이다. 이제 마음속에 있던 꿈을 이루었으니 그 마음이 얼마나 뿌듯하겠는가.

우리의 땅을 보고 있자니 가슴이 벅차오른다. 부자라도 된 기분이다. 농사를 짓겠다는 우리 부부에게 "지금 와서 무슨 농사를 짓느냐며 그냥 포클레인 일이나 해라."고 충고하는 이도 있었다.

농사짓는 일이 쉽지는 않을 것이다. 남편이 포클레인 운전에는 베테랑이지만 농사는 그저 부모님 곁에서 도와드린 수준이다. 하지만 나와 남편은 우리 땅에서 열심히 일하고 땀 흘려 수확의 기쁨을 맛보고 싶은 소망이 있다.

삼 년 전, 남편은 남의 땅인 야산에 밭을 일구어 배추와 무 그리고 들깨를 심은 적이 있다. 얼마나 농사를 짓고 싶었으면 길도 없는 후미진 땅에 작물을 심을까 싶어 속으로는 안쓰러운 마음이 들었지만, 겉으로는 헛일한다고 핀잔을 주기도 했다. 들깨 모가 금방 말라죽을 것 같은데 무슨 깨가 된다고 저럴까 고집이지 싶었다. 산골 구석진 곳이라 차 없이는 갈 수도 없는 밭이었다. 남편은 새벽같이 일어나 들깨 모를 심고, 배추와 상추 등 여러 가지 채소를 심었다. 열흘쯤 지난 뒤 남편을 따라 나도 밭으로 가보았다. 연약하던 들깨 모가 아기 손가락만 한 굵기로 자라 있었다. 대견했다.

그런데 땅이 점토질이라 며칠 비가 내리지 않으면 심어 놓은 배춧잎이 시들해졌다. 기운을 잃고 있는 배추를 보면 남편은 밭 언저리의 웅덩이에서 물을 퍼다 주었다. 금세 시들어 가던 배추가 꼿꼿하게 일어섰다. 이런 보람에 열심히 물을 주고 땀 흘려 키우는구나 하고 느꼈다. 그해 남편이 땀 흘린 덕에 김장배추가 푸짐했다.

처음 농사를 지었는데도 들깨가 잘 영글어서 서너 말이나 거뒀다. 우리가 밭에 곡식을 심으면서 꼭 크게 수확을 기대하고 심은 건 아니다. 어쩌다 남편이 쉬는 날이면 답답한 아파트를 떠나 바람이라도 쐴 겸 함께 가서 소소한 즐거움을 누렸다. 그런데 우리가 먹고도 이웃과 정을 나눌 만큼의 들깨를 수확한 것이다. 추수하는 농부 심정을 조금은 느끼는 농사 첫해였다.

황금빛으로 빛나는 논을 바라보고 있는 남편은 한없이 흐뭇한 표정이다. 나도 남편 옆에 서서 앞으로 우리 땅에 심을 곡식 자리를 여기저기 정해 놓는다. 복숭아나무 사이에는 몸에 좋다는 서리태를 심고, 가장자리에는 산딸기나무를, 밭 언저리에는 대추나무, 단감나무, 살구나무….

같은 곳을 바라보고 있는 우리 부부는 이제 남 부러울 게 없는 마음의 부자이다.

오월 초록 한가운데서

코로나19의 답답함에서 벗어나 나들이 삼아 봄나물을 캐러 간다. 읍내에서 점심으로 먹을 김밥 두 줄도 챙기고 캔맥주도 챙겼다.

탁 트인 개울물이 햇살에 반짝인다. 이제 막 망울을 터뜨리는 연녹색 물버들이 한 폭의 풍경화이다. 저만치서 이웃 농부는 무얼 심으려는지 밭둑을 만드는 중이다. 간간이 불어오는 봄바람에 기분이 상쾌하다.

작년 이맘때 운동 겸 산책하러 이곳에 왔는데 내가 좋아하는 고들빼기가 눈에 확 들어왔다. 그날부터 "저 고들빼기 캐야지." 생각만 되풀이하고는 했다. 이 동네의 아는 동생을 불러냈다.

쓴맛이 강한 고들빼기는 봄 입맛을 살려주는 나물이다. 동생은 저쪽에서, 나는 이쪽 둑길 밑에서 고들빼기를 캐기 시작했다. 마른

풀과 가시나무 사이를 헤집고 고들빼기 캐는 삼매경에 빠졌다.

시간이 얼마나 흘렀을까. 풀숲에서 씨름이라도 하고 나온 것처럼 검은색 옷이 허옇다. 손등 여기저기 쓰라리고 아려왔다. 아카시아 가시가 내 손을 할퀴어 놓았다. 오도카니 서 있는데 망초가 나를 유혹한다. 나도 나물이니 뜯어가라고 웃고 있는 듯했다. 민들레도 캤다. 가시나무 안쪽으로 들어가야 실한 놈을 만날 수 있다. 호미로 닥닥 땅을 파면 건강한 고들빼기 뿌리가 하얀 인삼 뿌리처럼 딸려 나온다. 사람들이 산삼을 캐고 외치는 심정이 이런 마음이었을 것 같다. 산삼이 좋다지만 지금만큼은 산삼도 부럽지 않다. 입맛이 없을 때 뜨거운 물에 살짝 데쳐서 참기름 넣고 고추장에 조물조물 무쳐 내놓으면 건강식이 따로 없다.

따스한 햇볕을 등에 지고 동생과 나는 둑에 앉았다. 봄바람도 우리 옆에 머물러 있다. 맥주로 목을 적신다. 알코올 기운이 온몸으로 퍼지는지 이내 취기가 돈다. 어질어질 맥주에 취하고 나물에 취하고 바람에 취한다. 나물이고 뭐고 둑에 앉아 강물을 바라본다. 넓은 강 초록빛 물살이 잔잔하다. 행복감이 밀려든다.

여기는 이렇게 평온한데 전 세계는 지금 비상 상태다. 모든 것이 다 멈췄다. 코로나19 확산으로 세계 각국은 자국 우선주의 정책을 펴고 있다. 베트남에서는 식량 수출금지를 하면서 어쩌면 세계적으로 식량난이 올지도 모른다고 매스컴이 떠들썩하다.

문득 어느 설교에서 들은 말이 생각났다. '앞으로는 바이러스로 인해 점점 살아가기 힘들어진다.'라는 이야기였다. 인구 밀집도가 낮은 시골에서 농사를 지으며 사는 것이 최소한의 안전한 삶의 방식이라는 말도 했다. 그때 그 설교가 이해되질 않았는데 이제야 납득이 간다. 세계적인 식량 위기가 온다 해도 농사를 지으면 내가 농사지은 먹거리로 생명을 이어갈 수 있지 않겠는가.

시장바구니를 가득 채운 고들빼기를 보니 벌써 입맛이 돈다. 쌉싸름한 그 맛에 나는 내년에도 이곳에 앉아 있는 모습을 그리는 중이다. 저 밑의 유유히 흐르는 강물이 아롱아롱 눈앞에서 일렁인다.

아마도 술기운이 내 마음까지도 취하게 하는가 보다. 세상이 혼란스러울지라도 나는 지금 오월 초록 한가운데서 평화를 누리는 중이다.

산을 오르며

봄이 가까웠지만 아직은 바람이 차다. 찬바람이 얼굴을 스칠 때마다 몸이 움츠러든다. 집을 나설 때부터 산을 찾는 것이 너무 오랜만이어서 내가 일행을 잘 따라갈 수 있을지 걱정이 앞섰다.

남편 고향 친구 부부와 함께 수정산을 산행하는 중이다. 막상 산에 들어서니 산골짜기여서 바람도 막아주고 등산하기 딱 좋아 참 잘 왔다는 생각이 든다.

수정산 중간쯤 올라서자 조금씩 몸에 열이 난다. 많이 걷지도 않았는데 벌써 숨이 차다. 헐떡이며 잠시 숨을 몰아쉬기를 반복하며 중턱에 닿으니 평탄한 올레길이 나온다. 여기부터는 일행과 나란히 걸을 수 있어 좋다. 뒤를 따라 한 줄로 걸으며 이야기를 하는 것보다 나란히 걸으며 나누는 담소가 더 정답다.

그런데 걸을수록 숨을 가쁘게 쉬는 사람은 나뿐이다. 내 숨소리를 내 귀로 듣는 것이 부담스러울 정도다. 누구나 편히 오를 수 있는 곳이건만 오랜만에 찾은 내겐 힘겹기만 한 길이다. 다행히 중간중간 쉼터 의자가 있어 잠깐씩 쉬어간다.

겨울 동안 운동해서 몸무게를 줄였어야 농사지을 체력이 되는데 그 긴 겨울을 방심하며 다 보내고 말았다. 밀린 방학 숙제하듯 겨울 끄트머리에서 시작한 운동이 얼마나 도움이 될지 의문이지만, 그래도 좋은 사람들과 나선 길이라 마음은 즐겁다. 남편 친구는 약 올리기라도 하는 양 어느새 저만큼 있는 의자에서 숨을 고르며 나를 기다리고 있다.

우리가 다가가 한숨 돌리려면 친구 부부는 다시 걷기를 반복한다. 내 살을 톡톡히 빼 줄 요량인 듯 꼭 저만치 앞서서 잘도 걷는다. 농사일이 힘들건만 살은 어쩜 그다지도 안 빠지는지… 걷기는 그렇게 이어져 정상에 올라가서야 한숨 돌린다. 정상에서 한눈에 내려다보는 읍내가 평온해 보인다.

친구 부부는 음성이 고향이다. 객지에서 살다가 작년 말쯤 음성으로 이사를 왔다. 수십 년을 타지 생활을 하다 새집을 짓고 정착하려니 외지인처럼 낯가림을 많이 타는 것 같다. 도시에서는 일상이던 여가 활동을 큰마음 먹어야 가능한 농촌 생활에 적응하느라 애를 먹고 있다.

친구 부부가 고향으로 내려오게 된 동기는 마음이 고파서일 게

다. 타지에서의 삶이라고 평탄한 길만 있었겠는가. 이 부부는 5형제 중 막내지만 어른들 모시고 살며 장남 역할을 했다. 맏형님 댁과 같이 꽤 큰 회사를 운영하면서 지냈다. 회사 직원들 식사는 물론이고 모든 허드렛일은 친구 부부의 몫이라 여기며 몸을 아끼지 않았다.

살만한 무렵 부부의 몸이 견디질 못하고 동시에 병이 찾아왔다. 온몸이 쑤시고 통증이 심해 밤마다 깊은 잠을 잘 수 없을 정도였다. 병원에서는 수술을 권했다. 하지만 회사 직원들 챙기는 일부터 노부모님 식사를 챙겨드려야 하는 처지여서 선뜻 수술 날짜를 잡지 못했다. 차일피일 미루다 온 식구가 모일 수 있는 명절 다음날 수술 날짜를 받았다.

수술받은 지 3일째 되는 날이었다. 노모가 위독하다는 연락이 왔다. 수술한 어깨 부위를 감싸고 병원에 도착하고 보니 온 식구가 모여 있었다. 그런데 노모가 막내는 외면한 채 장남 이름만 찾았다고 한다. 친구는 내색은 못 한 채 마음에 큰 상처를 받았다. 친구의 속앓이를 듣고 보니 노모의 심경이 의아하다. 그렇게 수십 년간 부모를 위해 헌신했는데 함께한 자식보다 장남만 찾은 건 무슨 연유일까. 어쩌면 노모에게 넉넉하지 못한 장남은 늘 아픈 손가락이었을지도 모르겠다. 노모는 그리 오래 아파하지 않고 편하게 운명하셨다.

친구 부부는 쉽게 끝날 것 같지 않았던 여러 가지 일들을 날려버릴 듯 저 멀리, 길게 '야~호'를 외친다. 음성 읍내 풍경이 한눈에 내려다보이는 것처럼 이들 부부의 앞날도 시원하게 열렸으면 좋겠다.

괜찮아, 다 괜찮아

아들은 지금 찻잔을 만드는 중이다. 대학 과제물로 컵을 만들어 오라고 했는데 마음먹은 대로 안 되는지 만들었다 부수기를 반복한다.

"어떤 모양으로 해야 예쁠까? 이렇게 할까?"

혼잣말로 고민하더니 내게 어떻게 만들어야 하냐고 묻는다. 손재주가 없기로는 나도 마찬가지지만 나름 머리를 써서 의견을 말해 주었다. 잠시 후 아들이 내게 내민 것은 찻잔이 아니라 사발이었다. 아이와 나는 한바탕 웃고는 다시 컵을 만들기 시작했다. 환하게 웃는 아들의 모습을 보며 한바탕 열병을 치렀던 몇 달 전이 생각난다.

아들은 읍소재지에서 초등학교와 중학교를 마치고 시 소재지 고등학교로 진학했다. 집과 부모를 떠나 기숙사 생활을 하며 3년간의 고등학교 생활을 보냈다. 낯선 환경에 잘 적응하며 부모의 기대에 어긋나지 않게 성적도 잘 유지하는 걸 아들의 모의고사 성적에서 확인하곤 했다. 그래서 서울의 일류대학은 아니더라도 아들이 목표로 하는 학교에 무난히 갈 수 있다고 믿고 있었다. 수능을 마치고 집에 온 아들도 시험을 잘 봤다고 했다.

수능성적 발표하는 날 부푼 가슴을 안고 아들의 전화를 기다리며 하루를 보냈다. 그런데 깜깜한 밤이 되었는데도 전화가 오지 않았다. 불안했다. 해마다 들려오는 수능생들의 극단적인 선택이 내 아이에게도 닥친 것은 아닐까.

사실 아이들을 자살로 몰아낸 것은 수능으로 모든 것이 결정되는 현재의 입시구조 때문이 아닌가 싶다. 수능을 못 보면 다른 대안이 있고, 수능 말고 잘하는 다른 것으로 평가받을 길이 있다면 그들은 다른 선택을 했을 것이다.

시간이 얼마쯤 지났을까. 아들에게 전화를 거니 성적을 모른다고 했다. 며칠 후 "엄마 시험을 못 봐서 정말 미안해!"라고 했다. 그 순간 가슴이 찡하고 울컥했다. 사실 나는 고3 아들을 위해 해준 것이 없다. 간절히 바라면 이루어진다고 했는데 기도도 못 했다. 작년에 손목이 골절된 핑계로 늘 병원만 들락거렸다. 정말로 제대로 못 챙겨 준 건 어미다. 내가 아들에게 미안하다고 해야 옳다.

아들은 초등학교부터 중학교까지 늘 상위권을 놓친 적이 없었다. 고등학교 가서도 늘 성적이 잘 나와 선생님도 서울에 있는 대학에 갈 거라고 했다. 그런데 그동안의 시간과 노력이 한순간 무너지는 성적을 받았으니 본인은 또 얼마나 놀랐을까. 또 실망할 부모 생각에 얼마나 가슴이 아팠겠는가.

"아들은 어느 대학에 원서를 넣었어요? 공부를 잘하니까 서울로 가겠지요?"

주위 사람들의 속없는 말에 나는 쥐구멍에 들어가고 싶은 심정이었다. 처음에는 아이가 무탈하기만을 빌었다. 그런데 이런 말을 자꾸 듣다 보니 슬슬 아이에 대한 원망이 고개를 들기 시작했다. 아이가 받은 성적은 지방의 가고 싶어 했던 대학에도 못 갈 성적이었다.

너무 속상하여 지인에게 속내를 털어놓으니 서울의 좋은 대학을 졸업해도 농사를 짓는다는 어느 집 자녀도 있다. 어느 대학을 가든 자기가 하고 싶은 공부를 하는 게 중요한 것이지 너무 걱정하지 마라. 지금은 하늘이 무너지고 땅이 꺼지는 것 같지만 지나 놓고 보면 아무것도 아니다. 라고 위로해 주었다. 그땐 그분의 말이 위로가 되지 않았다.

지금 생각해 보니 참으로 고맙다. 지나고 보면 공부보다 건강이 우선이라는 걸 왜 모르고 그렇게 속상해했는지. 그것 또한 부모와 아이가 지나야 할 통과의례인데 말이다. 아들은 본인의 성적에 맞는 학교의 전자과를 선택했다. 수능은 실력 발휘를 하지 못하는 시행착오를 겪었지만, 똑같은 실수를 반복하지 않을 거라 확신한다. 실패는 성공의 어머니란 말이 있지 않은가.

'시험을 못 봐서 정말 미안하다.'라며 힘없이 말하던 아들이 지금 이 어미 앞에서 환하게 웃고 있다. 무얼 더 바라겠는가. 이렇게 건강하고 씩씩한 아들이 내 앞에 있는데. 웃는 아이에게 나는 속으로 말한다.

'괜찮아, 다 괜찮아. 몸도 마음도 지금처럼 건강하게만 살아다오.'

작은 바람

벼르고 별러 강원도 동해안으로 나들이를 가는 중이다. 집을 떠난다는 그 자체로 마음이 설렌다. 눈길 닿는 곳마다 꽃 잔치다. 그래도 꽃보다 더 아름답고 내 기분을 들썩이게 하는 건 온 산야를 물들이는 연초록이다. 이 싱그러운 초록 나무 아래에서 푹 쉬고 나면 나도 저 움트는 새잎처럼 생기가 돌 것도 같다.

해마다 5월에는 가족 여행을 한다. 올해는 다른 가족이 동행했다. 늘 식구끼리 다니다 세 가족이 함께하니 새로운 느낌이다. 함께한 일행도 오랜만이라 참 좋다고, 집 밖으로 나오니 숨통이 트인다며 이런저런 수다 삼매경에 빠지고 자동차도 속도를 낸다.

얼마쯤 달렸을까. 우리를 태운 자동차가 신호등 앞에 섰다. 신호가 바뀌길 기다리는 동안 창문을 내려 주위를 둘러본다.

차창 밖으로 얼굴을 내밀다 마음이 철렁 내려앉았다. 이게 웬일인가. 도로 옆 건물이 새까맣게 그을려 있다. 또 다른 곳도 마찬가지다. 저만치 보이는 산에도 풀 한 포기 보이지 않는다. 그저 온 산야가 새까맣다. 소나무도 까맣게 그을렸고 마른 잡목들도 불탄 흔적이 그대로 남아 있다. 간간이 타다 만 집에 드러난 철근만 휘어져 널브러져 있다. 어느 집은 아예 흔적조차 없다. 마치 전쟁터 같다. 정말 전쟁이 나면 저럴까? 불타서 그을리고 지붕과 기둥이 내려앉은 처참한 모습에 가슴이 먹먹하다.

아마도 한 달 전쯤이었을 게다. 바람이 거세게 불던 날, 고성에서 시작된 산불이 속초까지 번지고 있다는 뉴스를 통해 보았다. 뉴스를 보면서 빨리 진화되길 빌었다. 그때의 산불이 이렇게 심한 피해를 냈다니, 상상으로도 어려운 현실과 마주하고 있다. 주민들은 갑작스러운 날벼락에 얼마나 무서웠을까.

전국 어디든 발길 닿는 곳은 온통 초록으로 물드는 오월인데 하필 이곳을 찾은 것이 죄스럽다. 이곳 사람들도 불이 안 났다면 가족끼리 오순도순 바쁜 시간을 내서라도 꽃놀이를 떠날 테고, 펜션이나 상인들은 상춘객들을 맞이하려 분주했을 터이다. 농사꾼은 설레는 마음으로 씨뿌리며 올 농사의 그림을 그리고 있을 텐데….

일행 모두 무거워진 마음으로 목적지인 속초항에 도착했다. 거리는 조용하다. 평일이라 그런지 관광지인데도 오가는 사람이 눈에 띄질 않는다. 양쪽 옆으로 빈 포장마차만이 즐비하다. 다만 여기저기서 길거리 호객행위가 한창이다. 새우튀김을 손에 쥐여주며 맛이나 보란다. 일행과 함께 수산 시장 가게 안으로 들어갔는데, 걱정과 달리 식당은 왁자지껄하여 무겁던 마음이 다소 편해졌다. 찾아주는 관광객들이 이곳 주민들에게 작은 희망이 되리라는 기대를 해본다.

가게 주인은 오늘은 날씨도 화창하고 손님도 이어지니 장사할 기분이 난다며 싱글벙글 웃는다. 그러고 보니 조금 전까지만 해도 한산했던 넓은 자리가 손님들로 빈자리가 없이 꽉 찼다. 어디서 왔는지, 대충 보아도 관광차 대여섯 대가 온 모양이다. 시끌벅적 북새통인 식당에서 강원도의 상인들만이라도 웃음꽃이 피어 다행이다.

싱싱한 회를 먹고 식당을 나서니 바다가 눈에 들어왔다. 바다는 아무 일 없다는 듯이 파도를 일으키고 있었다. 혹여 이 바람이 그날의 불길을 진두지휘했을까. 그렇다면 이 바람이 다시 사람을 불러 모으는 희망의 바람이 되어 주기를 기도해본다.

과수원집 남자

활짝 핀 코스모스가 가을 바람결에 하늘거리며 연주회를 한다. 참새들도 덩달아 재잘댄다.

수확을 마치고 난 복숭아 과수원이 여유롭다. 비바람 폭풍우에도 담담히 견뎌내고 달달하고 튼실한 열매를 키워내어 아낌없이 내준 복숭아나무들, 이제 휴식기에 든 나무들이 홀가분해 보인다.

이제 막 물들기 시작하는 잎을 매만지며 고랑으로 들어서는데 과수원을 지키던 누렁이가 근처 산이 울리도록 짖는다. 웬일인가 싶어 고개를 돌려보니 화물차 한 대가 보인다. 인근에서 복숭아 농사를 짓는 남편의 고향 후배가 왔다.

염색하지 않은 하얀 머리에 청바지와 장화를 신었다. 흰 이를 드러내며 웃는 구릿빛 얼굴이 아기처럼 해맑다. 세상 부러울 게 없는 그의 표정을 바라보는 남편의 입꼬리도 위로 올라간다.

오십 중반이 넘어가는 그는 요즘 복숭아나무와 연애를 하는 것 같다. 사는 게 너무 감사하고 재미있다는 말에 나는 "하얀 머리가 매력이 넘칠 만큼 잘 어울려 주변이 다 훤하네요."라고 아낌없는 칭찬을 해 주었다.

그가 이곳으로 내려오기 전의 직장생활을 스스럼없이 털어놓았다. 직장에 다닐 때는 업무에 시달리고 스트레스를 받아 늘 지쳐있었다고 한다. 돈과 관련된 고객을 만날 때마다 앞에서는 상냥하게 웃지만, 긴장의 연속이었단다. 그러다 보니 마음이 편안하지 못했고 피부도 거칠고 검었으며 무엇을 먹어도 살로 가지 않았다고 한다.

그를 처음 본 것은 시댁에서다. 명절이나 휴가철에 고향에 내려온 그는 어르신들을 찾아다니며 인사를 다녔다. 처음 보았을 때는 정장 차림의 멋쟁이 신사복 차림이었다. 곧은 체형에다 깔끔한 매무새지만 안색만은 편안해 보이지 않았다. 빈틈 하나 없을 것 같은 외모에 직장인의 틀이 박혀 있는 그와는 인사만 나누었다.

그는 서울에서 대학을 졸업하고 은행원으로 근무했다. 퇴직을 5년 앞두고 부모님이 물려준 고향 땅에서 제2의 삶을 가꾸기 시작했다. 어떤 작물을 심을지 농사에 관해 몇 가지 계획을 세우고 그림을 그렸다.

직장을 다니면서 처음 시작한 것은 사과나무를 심는 일이었다.

농사 경험도 없고 주말에만 내려와 일하니 나무가 잘 자라지 못했다. 자투리 시간으로 농사를 짓는다는 건 무리임을 알게 되었다. 다음으로 그는 복숭아나무를 심었다. 근방이 복숭아 단지라 이웃들이 잘 가르쳐 주고 들여다보기도 하니 힘이 되었다.

지난해 퇴직하고는 본격적으로 복숭아 과수원에 매달렸다. 이제 직장에서처럼 업무에 매달릴 의무도 없고, 누가 뭐라고 탓할 사람도 없어서 요즘이 가장 행복하단다. 땅을 일구며 복숭아나무 가꾸는 재미에 날짜 가는 줄도 모르겠다는 그다. 얼마 전에는 복숭아 포장 작업할 창고도 지었다. 그리고 지난여름부터는 동네 한가운데에 살림집을 짓고 있다.

복숭아나무를 심은 지 3년째인 올해 그는 첫 수확을 했다. 농업기술센터에서 강의도 듣고 이웃 농사꾼의 도움도 받아 열심히 농사를 지었다. 주인의 마음을 알아챘는지 복숭아는 튼실하고 싱싱하게 잘 자라주어 뿌듯하고 보람 있다고 한다. 날은 무덥고 힘은 들지만 한 알 한 알 손으로 복숭아를 딸 때마다 힘이 난다고 하였다.

나이가 들면 작은 행복에도 미소를 짓게 된다. 농사꾼의 삶이 무에 그리 부럽냐고 하는 이가 있겠지만, 흙과 더불어 살아보지 못한 사람은 모른다.

내가 좋으면 남들의 시선이 뭐가 그리 대수인가. 그는 무엇과도 바꿀 수 없는 값진 행복과 보람을 복숭아 과수원에서 찾았다. 양복보다 체크 남방에 청바지가 훨씬 잘 어울리는 과수원집 남자. 오늘도 하얀 머리를 휘날리며 트럭을 힘차게 몰고 자신의 과수원으로 향했다.

코로나19가 물러가면

집안에만 있으려니 답답증이 인다. 걷기 운동이라도 나서야 할 것 같아 음성천으로 향한다. 아직은 바람이 차지만 자연과 어우러진 봄의 기운이 가슴으로 파고들어 기분이 상쾌하다.

빠른 걸음으로 걷다가 잠시 쉬면서 숨을 고른다.

골목에서 개구쟁이들이 외치는 것처럼 찰찰찰 봄물 흐르는 소리가 힘차다. 제법 물이 오른 생강나무와 버들강아지에도 솜털이 피어오르고, 중간중간 서 있는 거목들도 연녹색의 이파리를 피워 내려고 꿈틀대는 중이다. 온 누리가 봄의 기운으로 충만한데 사람들만이 마스크로 중무장했다. 누가 누구인지도 모른 채 눈인사로 무언의 안부를 묻고는 스치듯 지나간다.

세계적 질병 코로나19로 모든 생활이 뒤죽박죽이다. 입대한 아들의 수료식이 며칠 전에 있었다. 힘든 훈련을 마치고 씩씩하게 변해

있는 모습을 그리며 만나러 가는 날만 손꼽아 기다렸다. 코로나19 방역수칙으로 수료식에 초대하지 않는다는 청천벽력 같은 소식이 왔다. 아들을 만나지 못한다니 그 어떤 것을 보아도 기쁘지 않다.

입대하고 두 달이 지나도록 아들과 연락 두절이니 마음만 타들어 간다. 확진자가 급증한다는 소식에 덜컥덜컥 겁이 난다. 이러다 아들도 못 만나는 사태가 벌어지면 어쩌나, 무서운 생각까지 든다. 어제는 마음이 불안하여 낮은 소리로 기도하며 설거지를 했다. 혼자 중얼중얼하는 소리가 안쓰러웠는지 옆에 있던 남편이 한마디 했다.

"집보다는 부대가 더 안전지대일지도 몰러!"

생각해 보면 입대한 것이 오히려 잘된 일인지도 모른다. 집에 있어도 학교 수업은 영상으로 하고 외출도 자제하라 하니 젊은 혈기가 어찌 집에만 갇혀 지내겠는가. 군대가 오히려 더 안전할 것 같다는 생각이 들었다. 무엇보다 군에서는 바이러스에 대비해 밖에서의 모든 훈련은 안 한다고 하니 다행이다 싶기도 하다.

휴대폰에서는 연신 안전 안내 문자가 뜬다. 모임 및 종교행사 등 단체 활동을 자제해 사회적 거리 두기를 잘 지켜달라는 당부다. 담당자들의 노고뿐 아니라 내 가족을 위한 일이니 정부의 지침을 잘 따르는 것이 맞다. 한때는 하루 확진자가 몇백 명씩 나올 때도 있었다. 이즘은 온 국민이 사회적 거리 두기 운동에 동참한 덕에 안정을 찾아가는 시점이다.

전 세계가 코로나19 방역을 잘하고 있는 대한민국을 극찬하고 있다. 발병 초기 정부와 기업이 힘을 모아 재빠르게 진단 키트를 개발했다. 조금이라도 의심되는 사람은 검사 후 자가 격리와 심하면 음압 병동으로 입원시켰다. 초기의 마스크 대란도 정부는 고루 배분할 수 있는 정책을 펴고, 국민은 그런 정부를 믿고 사재기를 안 해 안정화되었다. 코로나 방역 최고국가라는 인정 속에 세계가 부러워하는 나라가 된 대한민국, 팬데믹 상황에서 발 빠르게 대처한 정부와 질병관리본부, 높은 시민의식을 보여준 국민성에 자부심을 느끼는 요즘이다.

영국의 한 시민은 방역에 철저하고 검사도 빠르며, 경증 환자들을 격리하는 시설이 있고, 마스크까지 관리해주는 나라는 한국뿐이라는 걸 알려주고 싶다고 했다. 선진국들이 우리나라를 바라보는 시선이 변화되었다고 한다. 국민의 안전과 생명을 지키는 데 모든 노력과 최선을 다하는 나라, 지금 대한민국의 모습이 진정한 선진국이 아닐까.

머지않아 꽃들도 화사하게 피어나고 나뭇잎도 점점 진초록으로 물들어 가겠지. 그때쯤 코로나19가 물러가면 나는 한결 늠름해진 아들을 만나러 갈 것이다.

멋진 아들 얼싸안고 밀린 안부를 물으며 마음껏 웃어보고 싶다.

5

장수농장과 만배농장

장수농장과 만배농장,
이런 인연이 또 어디 있을까.
지금 복숭아 농사는 재배면적의 증가와 천재지변으로
높은 소득을 올리기 어렵다.
그래도 나는 두 농장 이름에서
왠지 모를 기분 좋은 느낌을 받는다.
'만배농장' 이름처럼 기쁨도 만 배, 소득도 만 배.
'장수농장'의 이름처럼 일품 복숭아를
오래오래 생산해 장수하는 두 농장.
얼마나 멋진 일인가.
두 농장과 함께 사람 좋은 그들 부부와의 우정도
만 배로 장수하기를 소원해 본다.
─본문 중에서

쪽파 이야기

　과수원 동네에 사는 지인이 쪽파를 가져가라고 연락했다. 빨리 안 오면 다른 사람에게 준다는 말도 남겼다. 채소며 과일 등이 금값이라는 이즘이라 급한 마음에 택시를 탔다.

　밭에서 방금 뽑은 쪽파가 탱글탱글 싱싱한 자태를 뽐내고 있다. 우리는 곧바로 자리를 잡고 앉아 파를 다듬었다. 워낙 비싼 파를 무상으로 얻었으니 콧노래가 절로 나왔다.

　그런데 시간이 갈수록 손이 시리고 봄바람이 옷 속으로 파고들어 으슬으슬 한기가 느껴졌다. 오돌오돌 떨면서도 뽀얀 쪽파가 쌓여가는 기쁨과 욕심이 한기를 잊게 한다. 이딴 추위가 대수냐며 '조금만 더'를 속말로 되뇌다가 지난해 이맘때쯤 농수산물값이 폭락하던 때를 떠올렸다.

　코로나19 바이러스가 전 세계에 급속도로 확산되면서 학교 급식이 중단되었다. 요식업도 문을 닫는 곳이 많아졌다. 그로 인하여 직격타를 입은 게 농수산업이다. 애써 키워낸 작물을 수확하여도 판로가 없으니 버리거나 갈아엎는 수밖에 없는 농민들의 딱한 사정을 뉴스를 통해 알게 되었다.

그 무렵, 어느 날 둑길로 걷기 운동을 나섰다. 한 바퀴를 돌아 나오는 데 먼발치 밭에서 대여섯 명의 사람이 흩어져서 무언가를 뽑고 있었다. 새파랗게 보이는 것이 무더기무더기 쌓여있어 궁금했다. 발길을 돌려 가까이 다가가니 다름 아닌 쪽파 무더기였다. 사람들은 상자와 커다란 바구니에 파를 담고 있었다.

쪽파를 사서 가져가는 것이냐는 내 물음에 밭 주인이 누구든 가져가라고 했단다. 가격이 폭락해 상자값도 건지지 못하자 주인이 결단을 내린 것이었다. 소문이 삽시간에 퍼졌는지 길을 지나가던 사람들까지 몰려들어 그 많은 쪽파가 순식간에 다 없어졌다.

많은 사람이 남긴 발자국과 자잘한 쪽파만이 봄바람을 타고 있었다. 한참을 서서 바라보려니 어질러진 밭이 꼭 주인의 마음 같았다. 가뭄 들면 물 대주고, 풀 뽑아주고 북을 주며 애지중지 키운 쪽파였을 텐데, 밭째로 아예 갈아엎는 것보다는 누군가의 식탁에 오르게 하는 것이 마음 편했던 걸까.

올해는 전에 없는 파 파동이 왔다. 값이 천정부지로 치솟고 있다. 특히 쪽파값은 떨어질 기미가 보이질 않는다. 농부 처지에서 농산물가격이 비싸니 다행인가 싶다가도 어느 지역, 어느 농부는 농사를 망쳤기에 가격이 뛰는 것이라는 생각에 마음이 편치 않다. 다른 작물도 마찬가지겠지만 지난여름에 불어 닥친 태풍으로, 또 뒤늦게 찾아온 한파로 농사를 제대로 지을 수 없었다. 오죽하면 농사는 하늘이 도와야 한다 하지 않던가. 거기에 해마다 오르는 인건비와 자잿값을 고려하면 농사는 빚만 지지 않아도 다행이다.

지난해 우리 복숭아 농장도 냉해를 입은 나무가 많았다. 겉으로 보기에는 멀쩡해 보여도 열매를 달지 못한 나무가 꽤 많았다. 열매도 달지 못하고 바람에 빈 가지만 흔들리는 모습을 보면 속상했다. 우린 일부분이라지만 밭뙈기째 팔지도 못한 파를 지나가는 누구든 가져가라고 한 그 농부의 심정은 말해 무엇하랴. 마음속으로 올해만큼은 쪽파 농사가 대박 났으면 좋겠다고 생각하며 발걸음을 옮긴다.

하나하나 껍질을 벗겨 가지런히 놓은 쪽파가 소쿠리 하나 가득이다. 옆구리에 끼고 들자 하얗고 새파란 쪽파의 진한 향이 콧속으로 파고든다. 문득 귀한 파를 나누어 준 이웃의 마음에 가슴이 따뜻해진다.

이른 봄에 나온 채소는 '사위도 주지 말고 남편만 주라'는 말이 있다. 추운 겨울을 견디고 올라온 봄 채소가 그럴 정도로 몸에 좋다는 것일 게다. 향긋한 파김치로 영양가 좋은 밥상을 준비하려니 벌써 힘이 솟는다.

도토리묵

냉장고 문을 열고 한참을 뒤적인다. 뭐가 이리도 많을까. 냉동실 안의 봉지를 다 꺼내놓은 뒤에야 드디어 도토리 녹말가루 봉지를 찾았다. 큰 그릇에 물을 받아 봉지째로 찬물에 담갔다. 녹말이 녹으려면 몇 시간을 기다려야 한다. 묵이 잘 쑤어지면 나누고 싶은 지인이 있다.

지난가을에 남편과 함께 도토리를 주웠다. 산을 오르는 동안 숨이 차오르고 땀이 흘렀으나 튼실한 도토리를 보자 없던 힘이 솟았다. 도토리 줍기 삼매경에 빠져 한참을 정신없이 줍다 보니 다람쥐와 청설모도 도토리를 거둬들이고 있었다. 언젠가 인터넷에서 본 기사가 떠올랐다. 등산객들이 도토리를 너무 많이 줍는 바람에 다람쥐가 먹을 양식이 모자란다는 내용이었다. 산짐승들의 먹이를 빼앗는 것 같아 미안했다.

그만두어야 하나 갈등하는데 인제 그만 내려가자는 남편의 목소리가 들려왔다. 미안함에 서둘러 하산한 날의 수확물인 도토리는, 아주 특별한 녹말가루로 변신했다.

물에 담근 녹말가루가 잘 가라앉도록 기다린다. 서너 시간 뒤 윗물을 따라버리고 녹말과 물을 1대 6의 비율로 섞었다. 냄비를 불 위에 올린 다음, 나무 주걱을 들고 같은 방향으로 잘 저어야 한다. 왕소금도 조금 넣어서 뜸을 푹 들여 그릇에 담아 놓고 보니 흐뭇하다. 이만하면 잘된 것 같아 엄지척 스스로에게 칭찬했다. 손가락으로 묵을 톡톡 건드려보니 야들야들 갈라지지도 않고 윤기가 자르르 흐른다.

하루가 지났다. 베란다에 놓았던 묵을 한 조각 잘라 입에 넣어보니 쫄깃쫄깃 하늘하늘 만족할 만한 맛이다. 옛날에 친정어머니가 만들어준 바로 그 맛이다. 도토리는 곡식과 과실의 좋은 점을 두루 갖추고 있어서 도토리만 먹어도 보신이 필요 없다고 한다. 그만큼 우리 몸에 좋은 효능을 골고루 함유한 먹거리다. 몸속에 독소를 빼주는 효능이 탁월해서 요즘같이 미세먼지가 심할 때 건강을 지킬 수 있다. 무엇보다 저열량 음식이어서 비만 체질 개선에 도움이 된다고 하니 몸이 둔한 나에게 안성맞춤이다.

요즘은 도토리묵이 별미고 건강식으로 알려졌지만, 먹을 게 귀하던 시절에는 구황식품으로 여겼다고도 한다. 지금은 방앗간에서 도토리 녹말가루를 쉽게 만들 수 있다. 예전 우리가 어릴 때는 도토리 녹말가루를 만드는 과정과 도토리묵이 되는 과정이 여간 번거롭지 않았다. 초겨울 어머니와 함께 도토리묵을 만들곤 했다. 겉껍질을 벗긴 도토리를 물에 불려 맷돌로 곱게 갈아 고운 체에 밭쳐 녹말을 만들었다. 이렇게 해서 먹기도 하고, 말렸다가 부침개와 묵말랭이도 해 먹었다. 그때 어머니가 헐벗고 굶주렸던 전쟁 기간에도 많은 사람이 도토리로 연명했다고 말씀하셨다. 얼마나 귀하고 고마운 먹거리인가.

"참나무는 들녘을 바라보며 열매 맺는단다."

친정어머니가 자주 하셨던 말씀이다. 참나무는 풍년이 들면 도토리 열매를 조금 맺게 하고, 흉년이 들면 열매를 많이 맺어 사람들의 주린 배를 채워 주었다는 것이다.

지금은 너나없이 배가 불러 탈인 시대다. 오래전, 허기진 이들의 배를 채워 주던 자연이 베푼 선물 같은 도토리묵.

오늘 나는, 툭하면 배부르다는 말을 입에 달고 사는 지인과 도토리묵을 나누기 위해 집을 나선다.

그래도 농부는

복숭아나무 전지를 하려고 남편과 집을 나섰다. 과수원이 가까워질수록 선명하게 보이는 노란색의 물결이 탐스런 꽃으로 보인다. 지난여름에 병충해로부터 복숭아를 보호하기 위해 씌웠던 빈 봉지가 나뭇가지에 매달려 있는 풍경이다.

남편은 며칠 전부터 가지치기 작업을 시작했다. 가지끼리 너무 붙어 있지 않게, 그러나 너무 떨어지지도 않게, 햇볕도 잘 들고 바람도 잘 드나들 수 있도록 적당한 간격으로 가지치기를 해줘야 한다. 내년에 복숭아 농사를 잘 짓기 위한 준비 작업이다.

남편이 가위질하고 지나간 자리에는 나뭇잎과 봉지가 바닥에 수북이 쌓인다. 나는 뒤따라가며 여기저기 흐트러진 전지 가지와 봉지를 줍는다. 전지 가지는 모아서 파쇄하여 흙과 섞어 놓으면 땅에 좋은 유기물이 된다. 빈 봉지는 빠짐없이 주워 태운다. 봉지 안에서식하고 있을 병균을 태워 과수원 내의 병균의 밀도를 낮추기 위함이다.

지난봄, 일을 시작하면서 소비자들이 믿고 먹을 수 있는 최고의 상품을 만들어야지 각오와 다짐을 했다. 더군다나 작년보다 나무 수도 늘어 더 많은 수확을 거둬들일 거라는 기대에 부풀었다. 그런데 그건 나의 생각뿐이었다. 복숭아 농사지은 지 십여 년이 조금 넘었지만, 올해처럼 농사가 힘든 적은 없었던 것 같다.

이른 봄, 복숭아꽃도 피기 전부터 냉해를 입고는 몽우리가 몸살을 앓아 쪼그라들었다. 얼핏 보면 멀쩡해 보이지만 나무도 군데군데 꽃 몽우리가 크지도 못하고 시들어 있었다. 그래도 꽃들은 생각보다 강했다. 봄날의 사나웠던 날씨를 이겨내고 핀 꽃들이 지고 그 자리에는 밤톨만 한 열매가 조롱조롱 열렸다. 그 힘든 계절을 이겨내고 열매를 맺은 나무들이 어찌나 기특하던지. 뿌듯한 마음으로 열매솎기를 앞두고 있었다.

코로나19 바이러스가 문제였다. 바이러스가 창궐하자 외국인 노동자들이 자신의 나라로 가버렸다. 농사는 적기를 맞춰야 하는데 제때 일손을 구하지 못해 동분서주하며 어찌어찌 열매솎기를 마무리했다.

나무가 열매를 키우고 우리 부부는 흐뭇한 심정으로 그 예쁜 것들이 잘 못 될까 애면글면하며 밭에서 살다시피 했다.

이번에는 물 폭탄이 시작되었다. 두 달여간 장맛비가 내렸으니 무엇인들 온전할까. 복숭아나무가 아무리 물을 좋아한다지만, 뿌리가 오랫동안 물에 젖어 있었으니 무슨 힘으로 버텨 낼 수가 있단 말인가. 전국을 강타한 폭우는 둑을 무너뜨리고 나무를 송두리째 뽑아버리는 일이 허다했다. 복숭아 과수원 농사가 어찌 되었을지는 말해 무엇하랴.

매사 뜻대로 안 되는 일이 세상 이치이고, 농사일은 더더욱 그렇다. 날씨가 도와주지 않으면 농부가 아무리 노력해도 안 되는 것이 농사다. 햇볕이 있어야 과일이 단맛을 내는데 올해는 기나긴 장마로 복숭아가 단맛도 잃고, 꼭지가 물러서 떨어진 복숭아는 나무 밑에서 너저분하게 굴러다녔다.

지금도 수확 때를 생각하면 가슴 아프다. 운반차 가득 복숭아를 땄건만 알이 깨끗한 것은 몇 상자가 안 되었다. 분명 딸 때는 멀쩡했는데 봉지를 벗겨보면 상태가 좋지 않았다. 검은 점이 박힌 데다 꼭지 부분은 무르고 아예 꼭지가 떨어진 것도 많았다. 소비자의 평도 좋지 않았다. 소비자에게 미안하고 부끄러웠지만, 한편으로는 복숭아 농사를 안 지었더라면 이런 소리도 안 들을 텐데…. 한동안 회의가 들었다.

농사가 잘되면 값이 폭락해서 걱정, 값이 좋으면 팔 게 없어서 걱정, 이래저래 걱정이다. 하지만 더 가슴 무너지는 일은 고객에게 보낸 복숭아가 좋지 않다면서 사진을 찍어 보낼 때다. 전화를 걸어 일꾼이 포장을 잘못한 것 같다고 변명도 해보지만, 고객의 불만은 쉽사리 누그러지지 않았다.

"돈 주고 사 먹는 것인데 꼭지 부분이 새까맣고 물러서 구멍도 나고요. 복숭아 전체에 까만 점이 있는 것을 어떻게 먹어요."

이런 전화를 받을 때 그저 가슴이 답답하고 막막하다. 긴 장맛비로 복숭아 꼭지가 물러서 그렇다는 변명도 구차한데 농사를 안 지어본 고객은 내 변명을 귀담아듣지 않았다. 농부는 최고의 상품을 소비자에게 보내겠다는 마음으로 봄부터 수확 철까지 땀을 흘린다는 사실을 소비자들이 알아주면 좋겠다.

사다리에 올라 전지하는 남편의 가위질 소리가 경쾌하다. 나는 그 소리를 따라 아무렇게나 널브러진 나뭇가지를 모아 야무지게 묶는다.

문득 올려다본 남편의 얼굴에 저녁 해가 걸려 있다. 힘들어도 힘들다 말하지 않고 묵묵히 일하는 남편의 어깨에 힘이 잔뜩 들어가 있다. 그래도 농부는 내년의 희망을 꿈꾸고 있음이다.

진짜 사나이

넓은 마당에 들어서자 화사한 가을꽃이 우리 가족을 맞는다. 주인의 손길이 곳곳에 배어있는 이곳은 오늘로 두 번째 방문이다. 처음 왔을 때도 빨간 칸나와 분홍의 꽃잔디가 피어 있었다. 이곳은 남편의 일 관계로 맺어진 지인 댁이다.

얼마 전 남편이 이 댁 굴착기 일을 했다. 잠시 쉬던 참에 남편이 우리 아들 이야기를 한 모양이다.

아들은 지난달에 입대했다. 녀석은 덩치만 크고 면역력이 약해 걱정했는데 입대한 지 사흘 만에 집으로 돌아왔다. 부대에서는 알레르기 피부 증상 때문에 돌려보낸다고 했지만, 뭔가 큰 사고가 난 줄 알고 가슴이 뛰고 정신이 혼미했다. 필시 부대에 적응을 못 하거나, 평소 즐기던 컴퓨터 게임이 그리웠거나, 아니면 뭔가 큰 잘못을 저지른 거라 여겨 온갖 못된 상상을 다 하면서 애를 태웠다.

그러나 아들을 보는 순간 걱정은 안쓰러움으로 바뀌었다. 온몸에 두드러기가 돋아 차마 바라볼 수 없을 정도였다. 부대에서는 연휴가 끼었고 어차피 교육도 없어 일단 귀가시킨다고 했지만, 어미가 잘못 먹이고 건강 관리를 잘 못 해 준 것 같아 미안하고 속상하고, 실로 복잡한 감정이었다.

그런 아들 이야기를 들은 그 부부가 우리 가족을 초대했다. 그분은 인생 선배로서, 같은 아들을 둔 부모로서 우리 부부의 심정이 어떨 것인지 훤히 알 것 같다면서 우리를 초대한 것이었다.

그분은 얼마 전까지 군대에 있었다고 한다. 절도 있는 자세에서 아직도 군인 분위기가 엿보인다. 신병의 어려움이나 나약함 등등의 심리적인 문제를 누구보다 잘 이해할 만한 분이 아닌가. 참으로 고마운 분이다. 마음이 편안해졌다.

그분은 친구의 아들 이야기를 했다. 군대 간 녀석이 매달 부모한테 용돈을 요청해서 매달 오십만 원씩을 보내주었다. 나중에 알고보니 부대에서 제공해주는 밥이 입에 맞지 않아 그 돈으로 간식을 사 먹었다고 한다. 예전에 비하면 군 생활이 자유로워졌다. 아들하나라고 요구하는 대로 다해 주는 부모도 있다. 그런 젊은이들을 보면 제대하고도 사회에 적응 못 할 것 같아 더 걱정이라면서 아들에게 말했다.

"너, 군대에 갔다 오면 달라지는 것이 무엇인지 선배들한테 들은 얘기 있니?"

"군대 다녀온 선배들은 하나같이 철이 든다고 해요."

"부대라는 곳은 여태껏 집에서 학교 오가며 먹고 싶은 것 마음대로 먹고, 친구가 마음에 안 든다고 헤어지는 곳이 아니다. 본인 스스로 몸을 단련하여 나라를 지켜야 하는 의무가 있는 곳이지. 군대에서 크게 배우는 것이 인내와 화합이야."

집으로 돌아와 아들을 마주한다. 평소 컴퓨터 앞에 있기를 좋아한 아들은 별다른 취미도 없고 운동도 별로 좋아하지 않았다. 체력 단련에 좋은 운동 한 가지쯤 갖도록 이끌어주지 못한 것이 아쉬웠다.

"혹시 군 생활 중에 어려운 일이 있더라도 부모를 한 번 더 생각하고 신중하게 행동해야 해."

남편이 아들에게 당부했다.

요즘은 참을성 없는 아이들이 더러 있는 것 같다. 마음 가는 대로 행동하거나 본인이 싫으면 꼭 해야 할 일조차도 하지 않으려 든다. 일부 부모 중에는 병역을 피하려는 자식을 어찌하지 못하고 온갖 편법을 동원하다가 종종 사회적으로 파장을 일으키기도 한다.

그분 댁에 다녀온 후 알레르기 증상이 심하든 말든 다시 군으로 입대하겠다는 아들이 대견하기만 하다. 주위 사람들은 내게 이왕 지사 집에 왔으니 그냥 현역 보내지 말고 진단서 제출해서 공익근무 요청을 하라고 했다. 그런데 나 역시 그럴 생각이 없다. 내 아들은 남자다. 힘든 훈련을 이겨내야 면역력도 체력도 향상될 테고 진짜 사나이로 거듭날 것이다. 무쇠도 두드려야 좋은 연장이 되듯, 힘든 일일수록 부딪히고 상처가 나더라도 그 순간을 이겨내야 단단해진다는 것을 잘 알기 때문이다.

며칠 후면 다시 입대할 아들을 생각하면 마음 한구석이 불안하지만, 한겨울 눈밭에서 구르고 넘어지는 훈련을 받다 보면 이전과는 다른 몸과 마음으로 거듭날 것이라 믿는다.

"진짜 사나이 내 아들, 힘내거라! 이 어미가 응원하마."

나는 아들의 첫 휴가를 상상하고 있다. 멋지고 늠름한 남자, 진짜 사나이가 되어 씩씩하게 나타날 내 아들을.

웅골 부부

    초록이 싱그러운 유월이다. 낮 기온은 벌써 여름을 방불케 한다. 산과 들은 온통 진초록이다. 우리 과수원 복숭아나무 이파리들이 햇살에 반짝이며 바람 따라 흔들린다.

    과수원은 요즘 복숭아 열매솎기에 한창이다. 일주일 전만 해도 복숭아가 옹기종기 매달리더니 이제는 제법 토실토실하다.

    꽃 적과를 제때 하지 않아서 가지마다 아기 복숭아가 마치 포도처럼 올망졸망 매달려 있다. 서로 끌어안고 있는 알들을 솎아내려니 애처롭다. 따 버리려는 마음을 아는 듯 안 떨어지려 안간힘을 쓰는 것 같다. 생각 같아선 모두 그대로 두고 싶은데, 그렇게 되면 나무도 힘들고 열매 또한 제대로 영양을 섭취하지 못한다니 어쩌랴. 과일은 열매솎기부터 잘해야 제대로 된 농사를 지을 수 있다.

    오늘은 1차 솎기 마무리 날이다. 점심을 함께 먹을 요량으로 옆 동네에서 복숭아 농사를 짓고 있는 웅골 부부에게 전화했다. 하던 일을 멈추고 달려온 부부가 몹시 지쳐 보인다. 오늘도 부부는 나무마다 올라타고 내리기를 하며 열매솎기를 하던 중이었다. 일하는 할머니들이 가지가지마다 빼놓아서 그걸 수습하느라 지쳤다는 것이다. 점점 더 일손이 모자라 복숭아 과수원 일이 버겁다는 하소연이다. 해도 해도 1차 솎기는 끝이 안 보이고 시간도 두 배로 든다며 넋두리하는 부부의 얼굴이 오늘따라 더 까맣다.

웅골 부부는 다섯 살 차이로 삼십여 년 전 지인의 소개로 만났다. 인사를 나누는 순간 아내는 웃음을 참을 수 없었다고 한다. 남편 이름은 '오만배', 오천 배가 아닌 '만배'라는 이름이 머릿속에서 맴돌았기 때문이었다. 인상은 마음에 들지 않았지만 묘한 매력에 끌렸다고 한다. 천생인연이 아니었나 싶다. 경상도가 고향인 부부는 평소 대화가 퉁명스럽다. 겉보기와는 달리 인정이 많아서 늘 곁에 사람이 몰린다.

2년 전에 우리와 웅골 부부가 가까워진 계기가 있었다.

농촌에서는 제일 어려운 것이 일손 구하는 일이다. 복숭아 농사는 수확 시기에 가장 많은 일손이 필요하다. 그때 나는 수확 시기를 조금 앞당긴 웅골 과수원으로 도움을 주러 갔다. 첫해의 복숭아 수확량은 많지 않기 때문에 대부분 직거래로 판매했다. 하필 그때 수확량이 몰려서 직거래가 어렵게 되었다.

그날 웅골 부부가 작업을 마친 복숭아를 차에 싣고 농협 공판장으로 떠났다. 그런데 잠시 후 시무룩한 표정으로 다시 농장으로 돌아왔다. 농협 공판장 문이 굳게 닫혀 있었다. 공판장이 이틀 동안 휴가인데 안내 발송 문자를 확인하지 못한 게 문제였다.

"포클레인으로 다 묻어 버리든지 해야지."

오만배 씨가 연거푸 중얼거린다. 지켜보는 우리 역시 암담했다. 벌써 오후 서너 시가 훌쩍 지나고 있었고 50여 상자나 되는 복숭아를 어떻게 처리해야 하나 염려스러웠다.

내가 충주 시내에 가서 복숭아를 팔아보자고 큰소리로 제안을 했다. 일단 호기를 부렸으나 속으로는 걱정이 이만저만이 아니었다. 복숭아를 싣고 어디서 어떻게 팔아야 하는지 막막했다.

사람이 많이 모여 사는 아파트로 갔다. 어렵게 어렵게 어느 아파트로 들어갈 수 있었다. 우선 관리 사무실에 복숭아 한 상자를 주며 부탁했다. 땀에 절은 우리가 측은해 보였던 걸까. 아니 지푸라기라도 잡고 싶은 심정을 안 것일까. 경비아저씨는 선뜻 복숭아 품종과 가격을 크게 써서 상자에 붙이더니 경비실 앞에다 진열하라고 했다. 그러자 순식간에 그 많던 복숭아가 다 팔려나갔다. 무더운 날씨에 고생도 했지만, 마음씨 고운 경비아저씨를 만난 덕이었다.

그 후 웅골 부부와 우리 부부가 가깝게 지내면서 함께 의논하고 일도 서로 돕고 있다. 오늘처럼 처져 있을 땐 삼겹살로 서로를 위로하며 힘을 얻곤 한다.

농촌은 갈수록 인력 문제로 힘이 든다. 일찌감치 외국인 인력을 신청했어야 했는데 올해는 며칠 늦은 것이 탈이다. 시내에 인력 사무소가 있건만 일꾼을 구하러 가면 우리 차지는 어림도 없다. 일당도 만만치 않다. 고가의 인건비를 주고 나면 남는 게 없다. 일손이 필요한 시기가 다른 농가와 겹치니 어쩔 것인가. 올해도 부족한 일은 웅골 부부의 손을 빌려 채워나갈 수밖에.

점심 한 끼지만 웅골 부부를 부르길 잘했다. 까무잡잡한 얼굴, 하얀 이가 드러나도록 웃는 웅골 부부는 세상 그 누구보다도 오늘만큼은 선남선녀다.

그래, 농부는 매번 풍작의 기대와 달리 실망하며 또 호탕하게 웃으며 살아오지 않았던가. 그나마 흙과 복숭아는 우리의 이런 진심을 알고 있으리. 웅골 부부와 함께 수확이라는 희망을 품고 또다시 밭으로 향한다.

할멈꽃

어머님이 어지럼증으로 고생하고 계시다는 연락을 받았다. 빨리 병원에 가자고 했지만, 며칠 더 참아보겠다는 말만 되풀이하셨다. 그 며칠이 병을 악화시켰다. 급기야 눈만 떠도 어지러워하셔서 급기야 병원에 입원하셨다.

입원하고 이틀이 지났는데도 어지럼증은 가라앉지 않는다. 눈을 뜨면 모든 게 빙글빙글 돌아간다며 일어나지도 못하니 옆을 떠날 수가 없다. 6인용 병실에는 여성 노인 환자만 계셨다.

병실 분위기가 갑자기 이상해졌다. 한 할머니의 남편인 듯한 노인이 뭔가를 먹으며 호탕하게 떠들어댔는데 환자의 기분을 맞추려고 애를 쓰고 있다. 그래도 환자는 말이 없다. 입맛이 없는지 먹는 것에도 관심이 없다. 병실이 갑자기 그분으로 인해 잔칫집으로 변했다. 그런데 다른 한 분만은 달랐다. 출입문 바로 옆, 붕대를 감은 할머님은 얼굴이 붉으락푸르락 화가 단단히 났다. 할아버지를 향해 직접 화는 내지 못하고 보호자인 며느리를 보며 푸념이다.

"이 방은 여인네들만 입원하는 곳 아녀? 보호자도 여인이어야 하는 거지. 남정네가 가지도 않고 왜 저러는 건지 몰러."

할머니는 뭔가 억울한 듯 불쾌한 심경을 계속 쏟아낸다. 한참 듣고만 있던 할아버지, 참는 것도 한계가 있다는 듯 고개를 휙 돌리며 할머니를 향해 한마디 한다.

"여인네 병실에 남자 간병인이 못 오라는 법은 세상천지에도 없습니다. 절대 나갈 수 없습니다."

병실 분위기가 싸해졌다. 누가 들어서다가 뒷걸음칠 정도다. 더는 거친 말이 오가지 않자 나도 숨이 고루 쉬어진다. 서서히 분위기가 가라앉았다. 그러자 할아버지가 말을 뗀다.

"젊어서 부인 속을 꽤 썩였어요. 그 때문에 할멈이 상처가 너무 깊어 병이 난 것이라 용서를 비는 심정으로 병구완을 하고 있어요."

부인인 할머니는 여전히 말이 없더니 고개를 외로 돌린다.

그 할아버지는 훤칠한 키에 바짝 마른 체구가 얼추 보아도 수더분한 분 같아 보이지 않았다. 술에 절어 살았는지 얼굴빛이 붉고 시커멓다. 그분이 어찌 살아왔는지 눈에 보이는 듯하다. 어제 들른 그분의 딸이 젊은 시절 아버지가 어머니에게 씻을 수 없는 상처를 너무 많이 주었다던 말이 떠올랐다. 젊은 시절 생긴 응어리가 할머니의 마음에 옹이가 박히듯 자리를 틀고 있는 것 같다.

"부부간 쌓인 감정은 딸인 자신도 어찌할 수 없어요. 다만 늦게나마 아버지가 엄마께 용서를 비는 기회를 주는 것입니다. 두 분이 고운 정 좀 생기라고 엄마 간병을 맡겼습니다."

딸의 이야기와 할아버지의 성토를 듣고 난 후 나의 아버지가 떠오른다. 키도 비슷하고 깡마른 체격도 흡사하다. 생전에 잔정은 느껴보지도 못한 우리 아버지다. 자식들에게는 엄하며 무뚝뚝하고 생활력 없는 분으로 새겨져 있다. 밖으로만 돌고 남에게는 친절한 아버지. 어릴 때는 그런 아버지가 너무 싫었다.

요즘 들어 어머니는 아버지 이야기를 종종 하신다.

"너희 아버지는 부지런하기로 소문난 사람이다. 첫닭이 울기 전에 소여물을 끓여주고 그날 일거리 절반을 아침밥 먹기 전에 해 놓으셨다."

추운 겨울날 엄마가 아침밥을 짓기 위해 일어나서 보면 엄마보다 먼저 일어나서서 안채 부엌에 군불을 지펴 놓으셨다고 했다. 그런 아버지 덕에 추운 아침을 따듯하게 보냈단다. 그런데 내 기억에는 다정했던 아버지의 모습이 떠오르지 않는다.

어느 가을날 아버지가 갑자기 저혈압으로 쓰러지셨다. 병원에 입원해 아무것도 모른 상태로 몇 날을 보내다가 차도 없이 퇴원하셨다. 아버지가 쓰러지기 전 부모님은 눈만 뜨면 큰 소리로 싸우셨다. 그런데 아랫목에 누워만 있는 아버지를 보며 어머니는 눈을 뜨지 않아도 좋으니 제발 그 자리에 있어만 달라고 했다. 정말 이해가 가지 않았다. 부부싸움은 칼로 물 베기라 했던가. 미우니 고우니 해도 부부밖에 없나 보다.

할머니의 간병인으로 온 할아버지는 뒤늦게나마 용서를 구하려 애쓴다. 할머니가 건강할 때 좀 더 일찍 살뜰히 챙겨 부부간 금실 좋게 지내셨으면 얼마나 좋았을까.

사흘 후 다시 병실을 찾았다. 그 할머니가 활짝 웃는다. 말을 전혀 하지 않던 구석진 침대에 있는 또 다른 할머니도 화색이 감돌았다. 이제는 할머니들끼리 제법 친해진 모양이다. 시끌벅적 환자와 보호자가 한마음이 된 것 같다. 음식을 나눠주던 다른 보호자가 할아버지에게 한마디 던진다.

"할아버지는 좋겠어요. 꽃 속에서 놀아서."

"꽃이면 뭐해요. 다 지는 꽃인걸."

"지는 꽃이 탐스럽고 오래오래 간답니다."

또 다른 보호자가 한마디를 던진다.

할아버지가 할머니를 바라본다. 눈길이 그윽하다. 꽃 중에 할멈 꽃이 제일이라며 손을 잡는다.

장수농장과 만배농장

"윙윙윙…."

굴착기 소리가 요란하다. 남편이 굴곡진 땅을 평평하게 만드는 중이다. 밭둑 끄트머리에 있던 거대한 뽕나무가 맥없이 뽑힌다. 밭 한가운데로 길게 물꼬를 내고 나니 굴곡진 땅이 이내 넓은 밭으로 만들어졌다. 이곳에 복숭아 묘목을 심을 예정이다.

나는 산더미처럼 쌓였던 검은 비닐들을 밭 가장자리로 밀어놓는 일을 맡았다. '휘리릭, 휘리릭' 미처 줍지 못한 잔 비닐은 까마귀가 날아다니는 듯 봄바람에 실려 얼씨구나 온 밭에 굴러다닌다. 붙잡을 수도 없는 봄바람은 비닐 줍는 아낙을 놀리기라도 하려는지 끊임없이 훼방 놓는다.

옆 동네에 사는 손님이 찾아왔다. 굴착기 일을 하며 복숭아 농사도 짓는 웅골 부부다. 일을 멈추고 아늑한 밭둑으로 나와 잠시 바람을 피한다. 잔잔한 미소를 잃지 않는 웅골 부부는 언제 봐도 온화하다.

이들은 농사꾼이 아니었다. 서울에서 직장생활을 하던 중 음성과 괴산 경계 부근 웅골이라는 곳에 땅을 샀다. 세월이 흐르면 땅값이 오를 곳이라 여기고 노후대책 겸 장만한 것이다.

그런데 남편이 가끔 음성에 내려오며 마음이 바뀌었다. 음성으로 내려와 집을 짓고 살기를 원했다. 아내가 묵묵부답이자 남편은 점점 삶의 의욕을 잃고 기운마저 없었다. 그 모습을 지켜보면서 아내는 결국 남편의 뜻을 따르기로 했다. 십여 년을 넘게 다니던 직장을 과감히 청산하고 시골로 내려왔다.

그의 아내는 몇 년 동안 마음속으로 많은 갈등을 겪었단다. 왜 안 그렇겠나. 도시에서 남부럽지 않게 사는데 농촌 생활을 하자는 제안에 고심하지 않을 부인이 있을까. 평탄한 직장생활을 접는다면 과연 농사로 생계가 가능할지 등 고심이 많았으리라.

부인의 승낙이 떨어지자마자 '웅골' 동네에 집을 짓고 내려왔다. 집 바로 옆 밭에 50그루의 복숭아나무도 심었다. 귀농한 지 어느덧 6년째로 접어든 남편의 이름은 '오만배다.'

귀농인들이 농촌에서 적응하는 일은 말처럼 쉽지 않다. 땅 일구는 작업도 상상을 초월하는 노동량이 필요하고, 소득도 뜻대로 오르지 않아 빚지지 않고 사는 것만도 성공이다. 무엇보다 도시와 농촌의 다른 문화 때문에 정착에 어려움이 따른다. 현지인은 도시인을 경계하고, 도시인은 현지인들이 답답하다고 여겨 갈등을 일으키곤 한다.

그런데 웅골 부부는 동네에서 인기가 좋다. 복숭아 공부도 열심이고 이웃을 도와주려는 마음씨가 엿보인다. '오만배'라는 이름에 걸맞게 넉넉한 인심을 지닌 사람이다. 해서 우리 부부가 농장 이름을 지어 줬다. '만배농장'이라고.

오늘도 본인의 일을 마치고 우리 과수원으로 놀러 온 것이다. '오만배' 씨는 굴착기 옆에서 일을 돕고, 그의 아내는 복숭아나무 밑에 있는 볏짚을 밭고랑에 깔아주는 일을 거들어 준다. 이 일이 처음이라는 말이 무색할 정도로 야무진 일에 오늘 같은 바람에도 볏짚이 끄떡 않고 흐트러짐이 없다.

우리도 남편의 직업인 굴착기 일만으로 생활하다 몇 해 전에 밭을 사 복숭아나무를 심었다. 생각지도 않은 농부가 되어 남편의 이름 '김장수'에서 성을 뺀 '장수농장'으로 이름을 달았다. 막상 땅을 일구고 복숭아 농사에 뛰어들고 보니 힘들지 않은 일이 없었다. 여기까지 오는 동안 이웃의 도움이 없었으면 어려움이 많았을 것이다. 그때 우리가 받은 이웃의 도움에 비하면 우리는 웅골 부부에게 해준 것이 별로 없다. 그럼에도 그들 부부는 먼저 다가와 이야기도 나누고 일손도 보태준다.

부지런한 부부는 3년 전부터 복숭아를 수확했다. 농사에서 제일 어려운 것이 품을 사는 일이다. 우리와 그들 부부는 조금 일찍 수확하는 '만배농장'에서 수확 작업을 한다. 만배농장의 수확이 끝나면 '장수농장'으로 옮겨 수확 작업을 함께한다.

어느 틈에 가서 점심 준비를 했는지 웅골댁이 밥 먹으러 오라고 전화를 했다. 일은 내 과수원에서 하고 밥은 그녀의 집에서 해결하니 염치없는 일이다. 북적북적한 도시에 살다 귀농한 부부지만 겉돌지 않고 잘 어울린다. 말벗이 그리운 이유도 있겠지만 천성이 따뜻한 사람들이다.

장수농장과 만배농장, 이런 인연이 또 어디 있을까. 지금 복숭아 농사는 재배면적의 증가와 천재지변으로 높은 소득을 올리기 어렵다. 그래도 나는 두 농장 이름에서 왠지 모를 기분 좋은 느낌을 받는다. '만배농장' 이름처럼 기쁨도 만 배, 소득도 만 배. '장수농장'의 이름처럼 일품 복숭아를 오래오래 생산해 장수하는 두 농장.

얼마나 멋진 일인가. 두 농장과 함께 사람 좋은 그들 부부와의 우정도 만 배로 장수하기를 소원해 본다.

어른이 날

벼르고 별러 과수원에 갔다. 오랜만에 왔더니 나무 사이사이 풀들이 동행한 아들의 허리를 넘게 자랐다. 어디가 고랑인지 둑인지 분간하기 어려울 정도다.

아들아이가 아래쪽서부터 풀을 깎기 시작했다. 윙윙 소리를 내며 기계가 지나가자 무성했던 풀들이 맥없이 쓰러진다. 풀숲이었던 밭고랑이 금방 훤해지고 복숭아나무들도 풀에게서 벗어나 시원하게 숨을 쉬는 거 같아 보였다.

아들은 기계를 몰고 밭둑으로 나오며 한마디 한다.

"엄마, 오늘은 어린이날인데 이 일을 꼭 해야 해?"

"바쁜 일손을 돕겠다며 과수원의 풀을 깎는다고 약속한 건 너잖아."

일 조금 했다고 꾀를 부리는 아들을 향해 쏘아붙였다. 한편으로는 말없이 땀만 닦고 있는 아들의 모습에 금세 측은했다.

　내 유년 시절 어린이날이면 부모님은 꼭 어린이날에 맞춰서 해마다 고추를 심었다. 아버지는 삽, 호미 등 농기구를 챙겨 어린이날에 학교에 가지 않는 우리를 새벽부터 흔들어 깨워 밭으로 데리고 갔다.

　우리 6남매에게 각자 할 일을 정해 주었다. 고추 모를 나르는 아이, 작은 도랑에서 고무 바가지로 물을 퍼다 나르는 아이, 고추를 심고 물조리로 고추 모마다 물을 주게 역할을 분담시켰다.

　어느 해 일을 하다가 고랑에 앉아 허공에다 대고 혼잣말로 불평했다.

　"친구들은 어린이날이라고 부모님한테 선물도 받고 맛있는 음식도 먹는데, 나는 이게 뭐야."

　온 식구가 거들어도 일손이 부족했던 그때는 왜 그렇게 이날이 싫었던지 마음속으로 늘 비가 내려주기만을 기도했다. 비가 많이 내린다면 고추심기를 안 해도 될 테니….

　게으름을 피우는 자식들을 대하던 그때의 부모님 심정이 궁금하다. 그때 부모님도 지금의 나처럼 자식들이 애처로우셨을 거라고 짐작한다. 그 시대는 단순히 일을 도와주는 것이 아니라 그렇게 하지 않으면 먹고살기가 어려운 시대였다. 농사가 아니면 다른 어떤 수입도 없고 땅에서 나온 먹거리가 전부였기 때문이다.

군대를 다녀온 후 대학교 3학년에 복학한 아들은 이젠 어엿한 성인이다. 그런데도 엄마 앞에서는 부모와 놀이공원도 가고 장난감 선물도 받는 어린아이고 싶은가 보다. 요즘은 어린이날을 기다리는 건 아이들뿐만이 아니다. 어른들도 자녀 핑계로 놀이공원에도 가고 맛있는 것도 먹고 같이 즐기는 어린이날 문화로 바뀐 지 오래되었다. 그래서 '어른이 날'이라고도 하나 보다.

　열심히 과수원에 따라와서 일을 도와주는 우리 아들, 요즘 세상에 부모의 농사일을 돕는 젊은이가 얼마나 있을까. 도와주고 싶다는 마음으로도 얼마나 고마운 일인가.

　어른들도 이날을 기다리는 것이 분명하다. 오늘도 아침 방송에서도 관광지가 북적이고 고속도로가 꽉 막혀 혼잡할 거라는 영상을 보여주었다.

　오늘은 어차피 안 되지만 '어른이 날' 기념으로 온 가족이 가까운 곳이라도 다녀와야겠다. 하던 일 잠시 멈추고.

농사를 짓듯 글을 쓰다

반숙자
수필가

수필집 『같은 곳을 바라보며』 원고 마지막 장을 덮고 한동안 뿌듯한 감동에 젖어 구름 속에 빛나는 하늘을 바라보았다. 연일 계속되는 찜통더위에 한 조각 보여준 파란 하늘이 가을빛이었다. 이 글을 쓰는 시간에도 최승옥 작가는 복숭아 수확으로 비지땀을 흘리고 있을 것이다.

최승옥은 음성 예총 수필교실 수강생으로 만났다. 꾸밈없이 소박하고 정겹고 무던한 사람이다. 남 앞에 드러나려고 애쓰지 않고 그렇다고 남의 말에 호락호락 넘어가지도 않고 자신의 분수대로 묵묵히 살아가는 모습이 무명 한 필을 연상시켰다. 문학미디어로 등단하고 열심히 글을 쓰고 음성문인협회 임원으로 성실하게 참여하고 있다. 또한 아내로 엄마로 복숭아 농장 댁으로 발바닥에 불이 나듯 열심히 산다. 등단 13년 만에 첫 수필집을 내겠다고 찾아왔다. 도 예술인 창작지원 사업에 선정되어 올해 꼭 수필집을 내는데 발문을 부탁한다는 것이다. 나도 한마디 부언했다. 내가 이제 나이가 많아 60여 편 글을 다 읽기는 무리이니 20편만 골라서 보여주면 좋겠다고, 해서 20편을 받아들었다.

수필을 체험의 문학이라고 하는 것은 타 장르와 구별되는 요소다. 허구로 쓰는 소설이나 운율에 담는 시나 작가 본인과는 상관이 없다. 그러나 유독 수필만이 무대 전면에 작가가 나선다. 그러자니 수필 쓰기가 더 어렵다는 사람들이 많다.

우선 소재를 살펴본다. 20편 가운데 농촌 이야기가 반을 넘는다. 무리가 아니다. 생활 터전이니 삶 속에서 건져 올릴 수밖에 별 도리가 있겠는가. 두 번째는 가족과 이웃이다. 세 번째는 자연과의 동화이다. 일과 계절의 변화 속에 작가가 포착한 서정적인 풍경이 사람의 마음을 포근하게 감싸 감동으로 이어준다. 여기서 필자가 주목한 것은 세 가지다. 소재, 주제, 의미화다. 작가가 소재를 선택할 때 이미 주제가 포함된다. 구성을 거쳐 형상화 작업이 끝나고 기승전결이 이루어지면 마지막에는 작가가 시도한 주제의 일반화 즉 의미화가 대미를 장식한다. 독자는 여기서 이해하고 같이 감동한다.

최승옥의 글을 읽으며 수필과 사는 모습이 일치한다는 점에서 반가웠다. 아는 체 안 하고, 있는 체 안 하고, 착한 척 안 하는 있는 그대로의 모습이 문장에서도 반영되어 읽기 쉽고 알기 쉬운 글이라는 느낌을 받았다. 글이 밝고 긍정적이다. 특별했던 것은 이 작가는 수필을 쓰듯 농사를 짓고 농사를 짓듯 수필을 쓴 점이다. 「복숭아 사랑」에서 보여준 일대기가 보여주는 감동이 그것을 증명한다. 서두를 본다.

　이파리가 은빛 물결을 타고 있다. 노란 봉지에 쌓인 복숭아가 당찬 햇볕을 머금으며 탐스럽게 영글어가는 중이다. 흡족한 마음을 안고 밭으로 들어선다.

－「복숭아 사랑」 중에서

　부부는 눈만 뜨면 복숭아밭에 오고 싶어 안달이 난다. 그도 그럴 것이 남들처럼 땅마지기를 갖고 싶은 게 소원이라 몇 년 동안 허리띠를 졸라매고 장기적금을 들어 마련한 땅이니 그 애착이 당연하다. 거기에 복숭아나무를 심고 가꾼 지 10여 년.
　"처음으로 수확하던 날, 말랑말랑하고 수줍은 새색시 같은 복숭아를 만져보는데 신통했다." 이 부부는 첫 수확을 지인들에게 나누면서 또 행복해한다. 그러나 농사에 햇볕만 드는 게 아니다.

　복숭아나무도 하나하나 개성이 있다. 잘생긴 나무에서부터 못 생겼지만 과일을 튼튼하게 맺는 나무까지 우리네 신체와 닮았다. 지금도 유난히 마음이 쓰이는 나무가 있다. 밑동에 손가락만 한 대못이 박혀 있는 나무를 보고 있으면 아찔한 기억이 떠오른다. 작년 수확을 한창 볼 때 태풍이 나무를 뒤흔들었다. 이미 태풍이 온다는 것을 알았지만, 너무도 거센 태풍이고 보니 우리 부부는 다급한 마음에 나무에 매달렸다. 둘이 매달려 나무를 지탱하려니 거센 태풍 앞에서는 큰 소용이 없었다. 나무가 뿌리째 쓰러지기도 하고 여기저기서 '찍 찌직 직'하며 쪼개지는 소리가 요란했다. 살려달라고 울부짖는 것 같아 할 수 없이 못을 박아서 쓰러지는 것을 막았다. 나무가 태풍에 찢기듯 내 마음도 찢어지는 것 같았다. 바람에 쓰러지지 않으려고 온갖 신음을 내며 견디어준 나무라서 그런지 아픈 자식같이 애틋하고 마음이 쓰인다.

-「복숭아 사랑」 중에서

이 대목에서 필자는 목이 메었다. 완전히 몰입하고 공감해서다. 태풍에 쓰러지는 나무를 부부가 끌어안고 애를 쓰는 대목이 영상처럼 떠올랐다. 이 나무들이 어떤 나무인가. 견디다 못해 쓰러지는 나무에 못을 박을 때 부부의 가슴에도 대못이 박혔으리라. 이것이 농부다. 나무가 자식 같은 애착, 수확이나 수입 때문만이 아니다. 농부는 나무에서 생명을 느꼈기 때문이다.

또 다른 애환을 살펴보면 복숭아 농사를 지어 50박스를 수확했으나 판로가 없다. 날은 저물어 가고 숙성된 복숭아는 금세 무르기 때문에 한시가 급한 상황이다. 두 농가가 모여 고심하고 있을 때 작가가 나선다.

그날도 여느 때처럼 복숭아 작업을 마친 후, 나머지를 차에 싣고 농협 공판장으로 떠났다. 그런데 잠시 후 시무룩한 표정으로 다시 농장으로 돌아왔다. 농협 공판장이 이틀 동안 휴가라는 거다. 안내 발송 문자를 확인하지 못한 것이 문제였다.
'포클레인으로 다 묻어 버리든지 해야지.'
만배 씨는 혼잣소리로 연거푸 중얼거린다. 나는 대뜸 충주 시내에 가서 복숭아를 팔아보자고 큰소리를 쳤다. 호기를 부려봤으나 속마음은 걱정이 이만저만이 아니었다.

－「복숭아 사랑」 중에서

여기서 만배 씨는 포클레인 작업과 농사를 하는 작가의 남편 지인이다. 극적인 효과를 가져왔다. 이 장면에서 농촌의 현실을 은연중에 내보이고 농민들의 삶의 애환을 전한다. 수필이 갖는 진솔성이다. 작가는 복숭아 50박스를 완판한다. 이것이 삶의 역동성 아니고 무엇인가. 거리낌 없이 농부임을 드러내고 막중한 현실을 헤쳐나간다.

다음은 가족과 이웃에 대한 글이다. 최승옥 수필가는 어디에 있던 그 자리가 화기애애하게 변화시키는 재주가 있다. 이것은 재주가 아니라 타고난 심성의 발로요, 지혜이다. 언니의 간병인으로 잠시 들른 병원에서 진통으로 애먹는 할머니의 고통을 덜어드리려 이런저런 것을 여쭤본다. 이 붙임성이 작가의 마음 밭이다. 남의 고통을 함께 아파하며 무엇이라도 도우려 애쓴다. 이곳에 혼자 사는 회원이 병이 나서 오래 고생하고 있다는 소식을 듣고 죽을 쑤어 찾아가 위로하는 사람이 바로 최승옥 작가다. 할머니가 그토록 기다리던 아들은 들어오자마자 호통을 친다. 할머니를 위한 것이겠으나 병실은 어둡다. 바로 정선 할머니는 우리 시대 할머니의 모습으로 지금 세상의 부모와 자식 관계를 짚어낸다. 「정선 할머니」의 이야기가 우리들의 이야기로 확대되며 이 시대의 효의 개념을 언급한다. 이것은 사회성과 접목되는 글이다.

나에게도 아들이 있다. 만약에 이 어미가 아파서 병원에 누워있다면 내 아들은 어떻게 행동할지 잠시 생각해 본다. (중략) 아들이 돌아가고 나자 할머니는 말없이 벽만 바라보고 있다. 가족을 기다리는 것이 분명하다. 며칠 후 들리는 풍문에 그 할머니는 아들이 요양병원으로 모셨다는 소식을 들었다. 자랑이었던 아들은 할머니의 가슴 깊은 곳에 자리한 정선아리랑의 한을 알기나 한 것일까. 그 어머니는 왜 평생을 아들을 그토록 그리워했는지….

-「정선 할머니」 중에서

독자들에게 말줄임표로 묻고 있다. 슬픈 여운이 오래도록 남는 글이다.

다음은 사유가 있는 글이다. 사유는 주제의 의미화를 유도하는 역할을 한다. 현명한 독자들은 활자만이 아니라 행간에서도 작가의 의도를 알아내고 사유의 우물을 찾아낸다. 최승옥 작가는 모처럼 언니네와 부부 동반으로 친정엘 가는 중이다. 형부가 이십여 년을 회사 택시만 운행하다가 소원이던 개인택시를 갖게 되어 하늘을 날 것 같은 기분이라고 서두에 밝힌다. 구불구불한 시골길을 만난다.

하늘만 빠끔히 보일 만큼 숲이 울창하던 곳이다. 길이 좁아 반대편에서 경운기라도 오면 한쪽이 비켜줄 때까지 한참을 멈춰 서 있어야 했다.(……) 또 무슨 길을 닦는지 도로 공사가 한창이다.(……) 멀리 고향 마을이 보인다. 길은 끝나는 곳에서 다시 시작되고 끊임없이 우리를 속이지만, 언니가 묵묵히 걸어 오늘을 맞이했듯 나 또한 내 삶이 인도하는 길을 기쁘게 서두르지 않고 걸어갈 것이다.

-「길」 중에서

여기서 작가는 평탄치 못했던 언니의 일생을 소환한다. 길과 언니의 삶이 날줄과 씨줄로 엮어져 말미를 향해 페달을 밟는다. 마지막 문장에서 길에 대한 사유가 삶의 속성을 농축시켰다. 또한 작가의 조용한 다짐의 울림이 컸다.

마지막으로 시골 여인의 낭만이 펼쳐진 글이다. 작가는 아는 동생과 함께 고들빼기나물을 뜯으러 나섰다.

탁 트인 개울 물살이 반짝인다. 이제 막 망울을 터뜨리는 연녹색 물버들이 한 폭의 풍경화이다. 코로나19의 답답함에서 벗어나 나들이 삼아 봄나물을 캐러 가는 중이다. 읍내에서 점심으로 먹을 김밥 두 줄도 챙겼다. 캔맥주도 가져왔다. 저만치서 이웃 농부는 무얼 심으려는지 밭둑을 만드는 중이다. 간간이 불어오는 봄바람에 기분이 상쾌하다.

-「오월 초록 한가운데서」 중에서

본문에 나오는 서두다. 중년의 여인 둘이서 나물을 찾아 봄 들녘을 누비는 풍경이 현재형으로 서술되어 현장감을 배가시킨다. 최승옥 작가의 글의 특징이라 해도 좋을 현장감은 글을 활기차게 하고 몰입도를 높인다. 그만큼 그때그때 삶의 무대에서 글감을 찾아내는 작가만의 감각이 살아있다는 증거다. 다음을 보자.

따스한 햇볕을 등에 지고 동생과 나는 둑에 앉았다. 봄바람도 우리 옆에 머물러 있다. 맥주로 목을 적셨다. 알코올 기운이 온몸으로 퍼지는지 이내 취기가 돌았다. 어질어질 맥주에 취하고 나물에 취하고 바람에 취한다. 나물이고 뭐고 둑에 앉아 강물을 바라본다. 넓은 강 초록빛 물살이 잔잔하다. 이런 것이 행복인가.

-「오월 초록 한가운데서」 중에서

작가는 나물 뜯는 현장에만 있는 것이 아니고 비상사태인 전 세계를 언급하고 자국 우선주의의 정책으로 식량 위기가 올지도 모르는 정세를 염려한다. 그러면서 세상이 혼란스러울지라도 나는 지금 오월 초록 한가운데서 평화를 누리는 중이라고 끝을 맺는다. 이 호기, 이 배짱이 최승옥 작가의 숨길 수 없는 면모라서 평안하다. 이 밖에도 「장수농장과 만배농장」 「검둥이」를 인상 깊게 보았다.

책을 낸다는 것은 작품의 총정리이고 삶의 성찰이고 다시 시작하는 출발점이라는 점을 깊이 새겨보았으면 한다. 숙제로 간직할 것은 독서의 힘이다. 복숭아나무에 퇴비를 주고 시기에 맞춰 돌보듯 글 농사도 밑천이 든든해야 좋은 글이 나온다. 정신적 자양분이 풍부할 때 사유가 깊어지고 자기만의 삶의 철학을 가질 수 있다. 정진을 바란다.

척 승 옥 수 필 집

같은 곳을 바라보며